心臓がひと際高く鳴る。
そのまま、爆発するのかと思う程に激しい鼓動を始めた。
（こ……これ、レナに伝わっていないだろうな。伝わるなよ……？）
ている気はしますが、
背中を向けているしバレてはいませんよね？）

魔王
アスティア
リィドたち四天王を率いる魔族の長。
勇者との敵対を無益と考え、
懐柔策を取る優秀さを持つ。
魔王軍四天王
クロエ
リィドの同僚であり、
かなり気安い仲で、
二人の結婚をからかってくる。

魔王軍四天王
リィド
【影の狼】の異名を持ち、人でありながら
その力を認められ四天王筆頭に上り詰めた傑物。
魔力吸収の力で勇者の覚醒を遅らせることが出来るため、
魔王の命令で勇者・レナと偽装結婚をすることに。
光の勇者
レナ
勇者の力に完全覚醒する前であり、
このまま普通の生活を送りたいと
思っている心優しい少女。
魔王側の提案を受け入れ、
リィドと偽装結婚をすることに。

「リィくん……助けて……」

か弱い力で伸ばされた手は、
掴むものなどないように虚空を掻いた。

「オレは……オレだけは……！

レナ、お前を、絶対に、守る……ッ！」

魔王軍最強のオレ、婚活して美少女勇者を嫁に貰う 1

可愛い妻と一緒なら世界を手にするのも余裕です

空埜一樹

HJ文庫
1054

口絵・本文イラスト　伊吹のつ

第一章　影の狼

maougun saikyou no ore
konkatsu shite
bishoujoyusya wo
yome ni morau

広々としているはずの謁見《えっけん》の間は、息が詰《つ》まるような重圧に支配されていた。

常人であれば居るだけで眩暈《めまい》を起こしそうになるほどのこの空気を、たった一人が発しているものだと――一体、誰《だれ》が信じられるだろうか。

しかしてそれをいとも容易《たやす》く成《な》し遂《と》げてしまうのが、今、跪《ひざまず》く自分の御前《おんまえ》に座する存在だった。

「リィド＝エスタース。ご命令により、罷《まか》り越《こ》して御座《ござ》います」

何度《たび》来ても慣れぬ場に確かな緊張《きんちょう》を孕《はら》ませつつ、リィドは告げる。

「我《わ》が主君――【魔王《まおう》】アスティア様」

「……うむ」

返って来たのは年若く高い声。だが少しとて威厳《いげん》は失われていない。

年齢《ねんれい》や性別など一切《いっさい》何ら関与《かんよ》しない。本物にはそうした力がある。

「くるしゅうない。面を上げよ」

言われて初めて、リィドはわずかに伏《ふ》せていた視線を上げた。

視界には玉座が映る。熟練の職人が命を賭《と》して造り上げたかのような細緻《さいち》な技術の結晶《けっしょう》体《たい》だ。触《ふ》れることすら資格を必要とするかのような、ある種の恐《おそ》れ多さすらある。

そこに堂々と、深々と、優美な仕草で腰《こし》かけているのは――一人の少女だった。

年《とし》の頃《ころ》は十二、三歳《さい》程度。ふっくらとした頬《ほお》には紅が差し、切れ長の目にも、大人っぽさというよりは、虎視眈々《こしたんたん》と相手の隙《すき》を狙《ねら》う悪戯《いたずら》っ子のような趣《おもむき》がある。薄《うす》らと緩《ゆる》められた唇《くちびる》はぷっくりと膨《ふく》れ、果実のような瑞々《みずみず》しさがあった。

上質な生地《きじ》を使い、細やかで美しい紋様《もんよう》が縫《ぬ》い込《こ》まれた衣服の上から、鮮血《せんけつ》を思わせる真紅《しんく》の外套《がいとう》を羽織っている。

ともすれば、子どもが大人の真似《まね》をして権力者遊びをしているような、そんな和《なご》やかさが漂《ただよ》いそうなものだが――こと彼女《かのじょ》に至ってそれは通じない。

隠《かく》しきれない威圧《いあつ》感が、全身から溢《あふ》れ、部屋全体に漂っているからだ。

仮に何も事情を知らぬ者が彼女と相対したところで、自然と頭を垂れてしまうだろう。

「わざわざ汝《なんじ》に来てもらったのは他でもない。リィド……いや、我が魔王軍直属四天王の筆頭。【影の狼】の異名を持つ汝に一つ、やってもらいたいことがあってな」

「はっ。なんなりとお申し付けください」

四天王、と呼ばれる者達《たち》はいずれも、この国の王、アスティアによって直接選ばれ、役目を指定された者達だ。即《すなわ》ち揃《そろ》って尋常《じんじょう》ならざる実力者ばかり。

その筆頭、つまるところ四天王の頂点に相応《ふさわ》しいとされたリィドの能力はいわんや、である。

そんな自分をわざわざ呼び出す程《ほど》であるということは、何か、途方《とほう》もないことが実行されようとしているのだろう。リィドは自然と己《おのれ》の体に力が入るのを感じた。だが、

「汝は【光の勇者】を知っておるか？」

突如《とつじょ》として思ってもみないことを問われ、一瞬《いっしゅん》返答に詰まる。

知らなかったのではない。あまりにも常識的なことだったからだ。

この国において……いや世界的に見ても、それは『犬という動物を知っているか？』と訊《き》かれたことに等しかった。困惑《こんわく》しながらも、リィドは頷《うなず》く。

「勿論《もちろん》に御座います。この世の全《すべ》てを創造せし神ルタディによって選ばれ、超常《ちょうじょう》の力を与《あた》えられし者。そして――」

視線を更《さら》に上げ、見つめる魔王の目に対し、リィドは力のある声で続けた。

「アスティア様の、いえ、魔王一族最大の仇敵《きゅうてき》に御座います」

「その通り。そもが遡《さかのぼ》ること遥《はる》かな昔。我が先祖と、その部下である【魔族《ま》】達はここと

は異なる世界より訪《おとず》れた。『異界渡《わた》り』の力を使ってな」

異界渡り。無数に存在するといわれる世界と世界の壁《かべ》を壊《こわ》し、自在に行き来する能力のことである。

魔王アスティアと、彼女の配下である異種族は生まれもって授《さず》かったその術を用い、リイド達の世界に現れたという。

「目的は侵略《しんりやく》。我が一族は代々そうして様々な世界を攻《せ》め、支配し、我が物にしてきた。だがこの世界に訪れた時、予想だにせぬ敵が立ち塞《ふさ》がる。それが光の勇者だ」

魔王の出現という不測の事態に対しての、緊急的措置《きんきゆうてきそち》だったのか。

神が世界に直接介入《かいにゆう》することで生まれた光の勇者は、かつて圧倒的《あつとうてき》なまでの強さによって魔王軍を、首魁《しゆかい》たる魔王ですらその手で打ち倒《たお》した。

「傷ついた我が先祖は部下と共に元の世界へと帰還《きかん》した。だが時を経て力を取り戻《もど》した子孫は再びこの世界を訪れ、同じように侵略せんとしたという」

だがまたも勇者が現れ同じようにして魔王軍は敗北する。

「それから何度も、何度も、何度も。代を重ねるごとに魔王一族はこの世界を狙い、今度こそはと挑戦《ちようせん》し続けた。だがいずれも失敗に終わっている」

それほどまでに勇者の力は強大だったのである。

「今や侵略そのものではなく、勇者打倒《だとう》こそが魔王一族の悲願となっている。これまであらゆる世界を手中に収めて来たその矜持《きょうじ》が、負け犬の烙印《らくいん》を押《お》されたままの現状を許すことは出来ぬのだ。そうしてわらわの代となったが、先代や先々代からの言葉は何も変わらぬ。お前の代でこそ勇者を滅《ほろ》ぼし、この世界を魔王の物にするのだと。そうした期待と圧力をかけられ続けておる」

「……御身《おんみ》の心中、お察し致《いた》します」

本心からの言葉だった。

長らく続く魔王一族がついに一度も成功できなかったことを、自分の代で成し遂げられるのかと——そうした不安は、如何《いか》なアスティアといえど付きまとうものだろう。

が。次いで彼女から出たのは、リィドの予想を超《こ》えたものだった。

「飽《あ》きない？」

「……は？」

思わず真正面から主君を見据《みす》えてしまった。今、自分の顔はさぞかし間の抜《ぬ》けたものになっていることだろう。

「だから。飽きないかと。そう言っているのだ」

玉座に頬杖《ほおづえ》をつきながら、アスティアは半眼になっていた。心なしか先程《さきほど》まであった厳然たる雰囲気《ふんいき》が軽減している気がする。

「何代も何代も何代も。勇者を倒せ勇者を殺せ勇者を滅《めっ》せよ勇者死ね。何百年同じことをやっておるのだ」

「……はあ」

それはそうかもしれないが、あまりに正直過ぎはしないだろうか。リィドとしては困惑するばかりである。

「大体においてわらわは争い事が好かぬ。他人の土地を自分の物にしたいとも思わぬ。そろそろこういうのやめて元の世界に戻って、昼寝《ひるね》とか犬猫《いぬねこ》を愛《め》でるとか、本を読むとか趣《しゅ》味《み》の人形集めに傾倒《けいとう》するとか。そういうことをしたいのだ」

「さ、さように御座いますか」

そういえばとリィドは思い出した。アスティアはそれまでの魔王と比べてどうにも覇気《はき》がないというか、『らしさ』のようなものが抜けていると同僚《どうりょう》から聞いたことがある。最近魔王軍に入った自分は知らないが、どうやら彼女は魔王一族にとって異端《いたん》と呼べる存在であるようだ。

とは言え、ここまであけすけに『一族の宿願なぞどうでもいい』というような発言をするとは思ってもみなかった。

「だからな。やめることにした」

「え？　やめる、ですか？」

「うむ。異世界の侵略などやめる。おうちに帰る。のんびり穏《おだ》やかにだらけて暮らす」

「い、いえ、しかし魔王様。突然《とつぜん》にそのようなこと」

思わず腰を上げかけたリィドにアスティアは手を振《ふ》った。

「分かっておる。いくら魔王といえわらわがいきなり部下共に『世界侵略やーめた』などと言ったところで皆《みな》、納得《なっとく》はすまい。反発も起ころう」

「……仰《おっしゃ》る通りに御座いますね」

良かった。幾《いく》らかは冷静だった。安堵《あんど》してリィドは元の体勢に戻る。

「だから、今回はきちんとやる。各国との交渉を行いつつ、なるべく争うことなくある程度の侵略地を確保する。我が魔王軍の武力をもってすればさほどの問題はないだろう。その上で『この世界にはこれ以上居る価値がない』とわらわ自ら公言して帰れば、まあ、なんとか治まるだろう。いや、治めてみせる」

「それは、そうかもしれませんが。その、魔王様。重要なことをお忘れではありませんか《か》」

今の話には肝心《かんじん》のところが抜けている。光の勇者だ。人間側最大の戦力とも言える彼の者がいる限り、相手が魔王軍と話し合いの場を持つことはないだろう。

「分かっておる。最大の障害を排除《はいじょ》しなければ今言ったことも全て世迷言《よまいごと》に終わってしまうだろう。だが勇者を倒すのは無理だ。あれは埒外《らちがい》の化け物。到底《とうてい》かなうものではない」

ここまではっきりと、戦う前から魔王自ら負けを認めたことに、リィドは驚《おどろ》いた。アスティアの力は一族の中でも特に秀《ひい》でていると聞いている。先代魔王との戦いにおいてリィドはまだ生まれていなかった為《ため》、勇者の力を直に目にしたわけではないが——それほどのものなのだろうか。

「で、では、どうなさるおつもりなのでしょうか？」

「通例に則《のっと》れば光の勇者は生まれてすぐに絶対的な力を持つわけではない。成長と共に少しずつ強くなっていき、ある日、完全に覚醒《かくせい》するのだ。だから、その前に捕《と》らえてしまえばいい。勇者さえいなければ人間側も無駄《むだ》な抵抗《ていこう》はすまい」

「確かにその通りです。ですが、覚醒前といえ勇者は勇者。そう簡単に捕らえられるわけでは……」

言いかけたところでリィドはあることを悟った。

「……まさかその為に私を？」

「さすがリィド。察しが良いな。その通りだ」

嬉《うれ》しそうにアスティアは笑《え》みを深め、リィドを指差してくる。

「汝の魔術《まじゅつ》――【暴食の狼《ドレイン》】があれば、たとえ相手が勇者であっても無力化出来る」

なるほど。リィドは全てを理解し、再び頭を垂れた。

「よって四天王筆頭リィド＝エスタースに命じる」

再び重みを帯びた魔王の声が、謁見の間に響《ひび》き渡る。

「人間領域に潜入《せんにゅう》し、勇者を無力化せよ。これは魔王軍の今後を決める上で、極《きわ》めて重要な任務である」

リィドは深々と頷き、静かに答えた。

「……仰《おお》せのままに」

魔術、とは。選ばれた人間の中にのみ宿る力――【魔力《まりょく》】を根源に、森羅万象《しんらばんしょう》を操《あやつ》る超常の術である。

主に火、水、土、風、雷《かみなり》、闇《やみ》、毒、などといった属性に類別され、個々人それぞれに適性あるものを操ることが出来た。

また、魔術を扱《あつか》う者――魔導士の中でも特に優《すぐ》れた者には、稀《まれ》に通常とは違《ちが》った効果を持つ力が芽生えることがある。

それは、他になくその者のみに使えるという意味で【固有魔術】と呼ばれていた。

リィドは魔導士であり、得意とする属性は闇。更には固有魔術を持っていた。

【暴食の狼《ドレイン》】と名付けたその魔術は、同じ魔導士が持つ魔力を吸収し己の物にすることが出来るものだ。

勇者はルタディによって膨大《ぼうだい》な魔力を授かるのと同時に、特別な力を使うことが可能となる。その名の由来ともなっている『光』の属性魔術だ。

他の全属性を呑《の》み込み消し去ってしまうほどの威力《いりょく》を持ち、いかなる魔導士であっても敵《かな》うことはない。

だが、神の力とは言え根源となっているのは魔力である。リィドのドレインであれば吸い取ってしまうことは可能だった。

完全覚醒した勇者であれば固有魔術を発動する間もなく返り討《う》ちになってしまうだろうが、その前であれば対処出来る。

勇者の魔力を吸収し無力化した上で捕縛《ほばく》する。確かにリィドでなければ成し得ない計画だった。

（とは言え、問題は勇者がどこにいるか、だが……）

リィドは多くの人々が行き交《か》う広場に立ち、通り過ぎる者達を見つめる。

魔王城のある街から馬車で二週間。ようやくたどり着いたのは大国ヴァンディスの首都であるローランだった。

ヴァンディスは大陸で最《もっと》も力ある国であり、歴代の光の勇者が多く誕生した土地でもある。その為、まず初めにここを訪れてみたのだが、この人の数ではさすがにそう簡単に見つかるとは思えなかった。

(既《すで》に勇者がこの国の王に迎《むか》え入れられている可能性がある。そうなれば接触《せっしょく》は難しいか)

魔王軍にある情報に依《よ》れば勇者には生まれついて『神の紋章《もんしょう》』と呼ばれる特殊《とくしゅ》な痣《あざ》があるという。覚醒前であってもそれがあれば神による選定者と認めることは出来た。

(とは言え地道に探す時間もない。……まずは手っ取り早く情報を集めるか)

リィドは場を離《はな》れると人気のないところを探して歩き始める。

すれ違う人々と目の合うことはあるものの気にする者は全くいなかった。旅人風の装いをしているだけだが、魔王側の者だと見抜《みぬ》かれることもない。

もしこれが魔族であれば、こうはいかないはずだ。彼らは人間とさほど変わらぬ外見をしているが、唯一《ゆいいつ》、耳だけが尖《とが》っているからだ。帽子《ぼうし》か何かで頭を隠さなければすぐにバレてしまう。

(そういう意味でも、オレが潜入任務には適当か)

まさか誰も『人間』が魔王軍に所属しているなどとは思うまい。

数年前。魔王アスティアが異世界から現れ最初に居住地としたのはリィドの暮らしていた街、国の首都だった。彼女は人々を見下すように聳《そび》える王城を瞬《また》く間《ま》に占拠《せんきょ》すると、国王を始めとする為政者《いせいしゃ》たちをことごとくして一掃《いっそう》し、自らが支配者に君臨したのだ。

国民は当初こそ混乱と恐怖《きょうふ》の坩堝《るつぼ》と化したが、やがてその動きは沈静化《ちんせいか》していった。

アスティアの統治があまりにもまっとうだったからだ。

人間を奴隷《どれい》にするどころか魔族と同等に扱い、部下を指揮して周囲の土地を開墾《かいこん》し広げ居住地を確保――人間達の家屋はそのままで、財産を奪《うば》うこともなく、寧《むし》ろ税金を今までより格段に安くした。

以前の王が国民のことを一切考えぬ暴君であったこともあるだろう。少しずつではあるが、人々の間ではむしろ魔王の統治を歓迎《かんげい》する者が増え始めた。

そうして現在。魔王によって支配されたリィドの国で彼女に逆らおうとする者は居ない。全くの零《ぜろ》というわけではないだろうが、反乱したところで魔王軍に勝てるはずもなく、無《む》謀《ぼう》を知りながら抗《あらが》おうとするほど現状に不満を持つ人間は少ないはずだった。

リィドが魔王軍に入ったのは数年前のことだ。幼くして両親を亡《な》くした後、貧民街で生まれ育ち、ある程度の歳になると魔術を扱えたこともあり、金を貰《もら》えば魔族だろうと人間だろうと荒事《あらごと》を請《う》け負う傭兵《ようへい》まがいの仕事で生計を立てていた。

その評判を聞き、魔王側が誘《さそ》いをかけてきたのだ。

貴族や富裕層《ふゆうそう》だけを優遇《ゆうぐう》し貧しい者には一切の慈悲《じひ》をかけなかった先代の王に対し、リイドは何ら敬意を抱《だ》いていなかった。その為、破格の報酬《ほうしゅう》を聞いて躊躇《ためら》うことなく承諾《しょうだく》。そのまま兵士となった。

が、実力を確かめる試験の場でリィドが見せた力を魔王は気に入り、兵士どころか直属の部下に据《す》えてしまったのである。

最初こそ同じ四天王や他の魔族から反発はあったものの、様々なことを経て諍《いさか》いはなくなり、今は筆頭として生きていた。

人間であろうと魔族であろうと実力のあるものを評価し、正当な地位を与える――そうしたアスティアの采配《さいはい》も、彼女の支配下にある者達が支持しているところではある。

実際、魔王軍にはリィドほどではないものの、相当に高い地位で働く人間達は大勢いた。

彼らと同様、リィドは出自に関係なく自分をここまで伸《お》し上げてくれた魔王に対して、深い感謝と尊敬の念を抱いている。

(そんな魔王様のご期待に応《こた》えたいところではあるが……やってみるか)

建物と建物の間にある、薄暗《うすぐら》く細い道に入ったリィドは、周囲に人が居ないことを確認《かくにん》した。次いで、膝《ひざ》を折ると地面に手をつく。

意識を集中すると——ぼう、という発火するような音と共に全身から黒い粒子《りゅうし》が無数に舞《ま》った。魔力の発動だ。

「来たれ。我が眷属《けんぞく》」

リィドは呟《つぶや》き、魔術を解き放った。

「——【群影《ぐんえい》の狼】」

魔力が地面へと注《そそ》ぎ込まれ、そのまま巨大《きょだい》な影のように広がる。

溶岩《ようがん》のように泡立《あわだ》つ闇から、一つ、また一つと小山が出来上がり間もなく形をとった。

全身が針金のような毛に覆《おお》われ、鋭《するど》い牙《きば》と尖った耳を持つ、十数匹《ひき》の狼である。

爛々《らんらん》と輝《かがや》く赤の瞳だけが際立《だ》ち、他は全て漆黒《しっこく》に染まっていた。

「行け」

短く命じると狼たちは揃って頷き、目にも止まらぬ速度で路地裏を出ると街中に散っていく。リィドは立ち上がると壁にもたれ上がり目を瞑《つぶ》ると、腕《うで》を組んで時を待った。

しばらくすると——暗闇《くらやみ》しかなかった視界に様々な場面が映る。商店街。住宅街。公園。教会。酒場。宿屋。路地裏。巨大な王城。同時にあらゆる声が耳に聞こえて来た。人々の会話だ。下らない与太《よた》から世間話、誰かの悪口、噂《うわさ》、商売の掛《か》け合いや教会の説法。

ともすれば頭が混乱し正気を逸《いっ》しそうになる情報の渦《うず》。それらを精査し、必要なものを拾い上げ頭に刻みつけていく。

ある程度のところまで来たところで、リィドは声を上げた。

「よし……もういい。大体分かった」

瞼《まぶた》を上げると目の前には再び集結した狼たちがいる。リィドが指を鳴らすと彼らは一瞬で霧散《むさん》した。

闇属性の魔術を扱うリィドは、影から狼を生み出し使役《しえき》することが出来る。

もちろん敵を襲《おそ》わせることも可能だが、こうして街中に解き放ちあらゆるところに忍《しの》び込ませ、更には視覚と聴覚《ちょうかく》を共有することで、単独で探《さぐ》るより遥かに多くの情報を集めることが可能だった。

(王城に狼を仕込《しこ》むことには危険を伴《ともな》う。内部に居る魔導士に察知されても面倒《めんどう》だしな)

向こうも機密情報を守る為に厳重な措置《そち》を敷《し》いているだろう。完全にバレることはないだろうが、安易に魔術を仕《し》掛《か》けてわずかな尻尾《しっぽ》でも掴《つか》まれることは避《さ》けたい。勇者を特定するまではリィドのことは一切向こうに知られないのが理想だった。

(だが良い話を聞いた。使えそうなのが一人いる)

ひとまずはこのやり方で進めよう。リィドは決意し、行動を開始したのだった。

その通りに足を踏《ふ》み入れた時、空気が一変するのを肌《はだ》で感じた。

門一つを潜《くぐ》っただけであるにもかかわらず、どこか格式高く少しの油断も許さぬような、そんな窮屈《きゅうくつ》さが漂っている。

貴族街。ローランにおいて、ある一定の地位を持つ者だけが住むことを許される住宅地である。門の外とは造りの違う、見て分かるほどに高級で広大な屋敷《やしき》が建ち並んでいた。

四天王筆頭とは言え、貧民街で育ったリィドにはいささか居心地《いごこち》の悪い場所である。

「貴族街と名付けられてはいますが、実際はそうでない方々も暮らしております。尤《もっと》も土地代も相当のものが求められますから、やはり上流階級の方々が多くはありまして」

先を歩き案内する男が朗々と説明する。その顔には営業向きの作り笑顔《えがお》が張り付いていた。不動産屋である。

「自然豊かな公園が各所にあり、常時兵士が巡回《じゅんかい》しておりますので、お子様のおられるご家庭にも安心できると評判です。お客様のような方にはまさにぴったりな土地柄《とちがら》かと……」

振り返り、一層の不自然な笑みを浮《う》かべた男にリィドは鷹揚《おうよう》に頷いた。

「ああ。仕事の関係上、しばらくこの街に滞在《たいざい》することになってな。予算は幾らでもいい。良い家を頼《たの》む」

「左様で御座いますか！　であれば私にお任せ下さいませ。いやお客様のような方に物件を紹介《しょうかい》することが出来て、私としましても望外の喜びに御座います」

ふくふくとした顔で揉《も》み手《で》をする不動産屋。絵に描《えが》いたようなへりくだり方だ。逆にこここまでの所作は珍《めずら》しいかもしれない。

今のリィドは最高級の衣服に身を包み、これみよがしに高価な宝石のちりばめられた指輪や金で出来た懐中《かいちゅう》時計などを身に着けていた。旅の汚《よご》れも落とし清潔さも演出している。魔王より託《たく》された資金を使って裕福《ゆうふく》な商人を装い、不動産屋に住居を探していると持ち掛けたが、今のところ疑うような素振《そぶ》りは一つもなかった。

「そうですね、私のおすすめと致しましては……」

喋《しゃべ》りながら男が通りの中央辺りまで来たところで、リィドは足を止める。

視線の先、頑丈《がんじょう》な門の向こうには他から群を抜いて大きな屋敷が建っており、色とりどりの花が咲《さ》き誇《ほこ》る見事な庭が展開されていた。

「この家は？」

「ああ。さすが目の付け所が違いますな。この屋敷はヴライド様のお住まいに御座います。ローランが誇る無敵の騎士団《きしだん》、その全てを取り仕切る騎士《きし》総団長様に御座いますよ」

「ほう。騎士総団長。どうりで……」

素知らぬ振りで答えたが――当然、全てを知った上でここまで来ていた。

集めた情報の中、城暮らしではない者の中で、一番王に近い地位の人間がヴライドだったのだ。騎士団の総団長であれば当然だが、城に出入りすることも多いだろう。勇者のことを知るにはうってつけだった。

「素晴《すば》らしい庭だ。このような庭を毎日のように眺《なが》めたいものだな」

適当に理由をでっちあげた上で、リィドは振り返った。

ヴライドの屋敷の向かいにある、別の家屋を仰《あお》ぐ。

「……うむ。ここが良い。ここを借りようか」

「左様で御座いますか。確かにここは以前に住まわれていた方が引っ越された為、売りに出されてはおりますが……」

もっと家賃の高いところを薦《すす》めようとでも思っていたのだろう。当てが外れたような顔で不動産屋が言った。

「ああ。家の造りもいい。まして騎士総団長の家が前にあるならば他よりずっと安全だ。商売上、何かと敵が多いものでね」

もっともらしい言葉で答えると、不動産屋は納得したように頷く。

が、正直なところ物件など、どうでもよかった。リィドの目的はヴライドと近所付き合いで交流を深め、情報を得ることだ。親しくなれば、彼の案内で王城内部に入り込める可能性もある。そうなればますます勇者のことを知る機会は増えるだろう。

「承知致しました。確かにご家族がおられると、治安上の問題は外せませんからね」

「ん？　私に家族はいないが？」

リィドが答えたその瞬間《しゅんかん》。不動産屋の笑顔が固まった。

「……え？　ご、ご家族が居られない？　ではご結婚《けっこん》は？」

「していない。私は独り身だ」

なんだ、なにか不味《まず》いことでも言ったかと内心でわずかに焦《あせ》りつつリィドは答える。すると不動産屋は、すぐさまに天を仰いだ。

「あー……左様で御座いますか……」

額に手を当て、顔を顰《しか》めている。あからさまに落胆《らくたん》していた。

「その……実はこの屋敷、ご家庭向けの物件でして」

「なに？　いや、だとしても契約《けいやく》自体は出来るだろう」

「そういうわけにも参りません。というよりこの辺りは全てそのようになっておりまして。独身者には独身者向きの物件が別の土地にご用意しております。国の決まりで独身者が家庭者用の物件に住むことは出来ません」

そんな話は聞いていない。リィドの焦りは更に加速した。

「申し訳ありませんが、ローランも住民の数が多くなっておりまして。敷地《しきち》の関係上そのような処置に」

「……。どうしてもダメなのか？　何なら家賃は倍払《はら》うが」

これでどうだとばかりに打診《だしん》してみたが、不動産屋は無情にも首を横に振るだけだった。

「規則を守らなければうちの店が罰《ばつ》を受けてしまいますので。それは出来ません。ただ独身者用の物件にも良いものは沢山《たくさん》ご用意して御座いますので――」

諦《あきら》めず仕事を進めようとする不動産屋。

しかしリィドには彼の声が、どこか遠く聞こえるのだった。


「……仕方ない。これしかない、か」

人々で賑《にぎ》わうローランの商店通り。

しつこく食い下がる不動産屋を振り切り別れたリィドは、ある建物の前に立っていた。

入り口の横に下がった看板には派手な色の文字が躍《おど》っている。

『近頃《ちかごろ》、出逢《であ》いが少なくなった。中々理想の相手に巡《めぐ》り合えない。そんな方はいませんか？当事務所では絆《きずな》と絆を結ぶお手伝いを中心に、結婚を夢見る男女を応援《おうえん》しています。まずは気軽にご相談から！　無料にて承《うけたまわ》ります』

要約すると、結婚相談所である。

リィドの住んでいた街にもあった。結婚相手を探している者同士を仲介《ちゆうかい》する施設《しせつ》だ。

家族が居なければ家を借りられないのであれば、作ってしまえばいい。つまりはそういうことである。

（あまり気は進まないが、現状のところ有効な手段の一つだ）

情報を集める場所としては、冒険者《ぼうけんしや》ギルドという手もある。失《う》せ物捜しから手配された【魔物《まもの》】と呼ばれる化け物退治、迷宮探索《めいきゆうたんさく》など、様々な仕事を請け負う『冒険者』と総称《そうしよう》される者達を統括《とうかつ》している組織だ。第三者からの依頼《いらい》を受け、それを希望する人間に渡す。主としてそういう活動をしていた。

冒険者は依頼内容によっては世界各地に出向くこともあり、稀にではあるが王族関係者から仕事を任されることもある。

そんな者達が一堂に会する冒険者ギルドは確かに情報収集場所としては最適なのだが、いかんせん不確定要素が多過ぎる。勇者に関する話が必ず聞けるとは限らなかった。

一応、少し前に冒険者として登録はしておいたが、打てる手は全て打っておきたい。

「……行くか」

ぐだぐだ悩《なや》むのはやめて、リィドは気合を入れて施設の扉《とびら》を開いた。

軽い鐘《かね》の音が鳴り響く。そう広くない室内に足を踏み入れると、真正面にカウンターが出迎《でむか》えた。向こう側に座《すわ》っていた若い女性がリィドの姿を見て笑みを浮かべる。

「いらっしゃいませ。ようこそクイーン結婚相談所へ。初めてのご利用ですか？」

リィドは頷いて近付き、女性の前にあった椅子《いす》に腰かける。

「ではまずは会員登録からお願い致します」

すかさず羊皮紙を差し出され、リィドは傍《そば》にあった羽ペンを手に取った。

「最近、この街に来たばかりで住所は宿屋の仮住まいなんだが。近く家を借りることになっている」

「さようでございますか。ではその場所で結構ですよ」

笑みを浮かべ続ける女性にリィドは軽く顎《あご》を引き、名前、性別、宿の場所を書いた。年収や趣味、身長、体重なども派手ではない程度に嘘《うそ》を織り交ぜて適当に埋《う》めていく。

「ありがとうございます。会員登録を承りました。貿易関係のお仕事をされているということで……お客様であればすぐにお相手が見つかると思いますよ。なにかご希望する女性の条件は御座いますでしょうか」

「……そうだな」

結婚するとしてもあくまで勇者を見つけるまでの仮の間柄《あいだがら》だ。向こうには申し訳ないが、目的を達したら魔王の元へ帰るつもりでいる。

そういう意味で言えば誰でもいいと言えば誰でも良かった。

とはいえ『別に誰だっていい。都合の良いヤツを頼む』などということを正直に言えば不審《ふしん》がられてしまうかもしれない。

あえて提示するのならば、と思ったところでぱっと浮かんだものを口にした。

「出来ればでいいが、年は同じか差はあっても多少にして欲《ほ》しい」

これに関しては、単純にそちらの方がいくらか話しやすいという程度のものである。

「性格は大人しめであれば他のことは特に気にしない。あとは……魔力が高いこと、だな」

リィドの条件を羊皮紙に書きこんでいた女性の手が止まった。今までと毛色が変わっていたからだろう。

「なるべくといった程度だが。こちらの事情でな」

どうせ結婚するのであれば、相手の魔力を少しでも吸収し自分の糧《かて》にしたい。そういった理由である。

「かしこまりました。では少々お待ち下さい」

女性は立ち上がりカウンターの奥《おく》へと消えていった。

そのまま待機すること三十分ばかり。

やがて戻ってきた彼女の顔には、それまで以上の笑みが浮かんでいた。

「お喜び下さい、お客様。条件に合致《がっち》する女性が見つかりました」

「なに？　随分《ずいぶん》と早いな」

「ええ。滅多《めった》にあることではありません。これはまさしく運命ですよ！」

大げさな表現だがそう言いたくなる気持ちは分からないでもない。

思っていた以上に事が手早く済んでリィドも思わず綻《ほころ》んだ。

「それでどんな相手だ」

「はい。女性。お名前はレナ様です。年齢はお客様と同じです。お住まいはここから少し離れていて、山の上で一人暮らしをされています。得意とする項目《こうもく》に、ある程度の魔術が使えると書いてあります。魔力が高いかどうかはご本人に確かめて頂くしかありませんが、他の会員様の中でお客様の条件に合うとなると、魔力を持っている方はおりませんので
……お客様？　どうかなさいましたか？」

黙《だま》り込んだままでいたリィドは、女性から怪訝《けげん》な目つきで見られて我に返った。

「あ、ああ。いや、なんでもない」

慌《あわ》てて首を横に振る。名前を聞いた時に何か脳裏《のう》に引っかかるものを感じた気はしたが、

はっきりとはしなかった為、今は忘れることにした。

「悪くはないな。向こうの条件は？」

「そうですね。特にはないのですが一つだけ……変わっておられるものが」

相手の情報が載《の》った羊皮紙を辿《たど》っていた女性の指先が、ある点でぴたりと止まった。

「『突然の爆発《ばくはつ》や衝撃《しょうげき》に耐《た》えられる人が良い』と」

「……。なんだそれは？」

工事現場で働く人間や傭兵稼業《ようへいかぎょう》ならともかくとして、結婚相手に求めるものとしてはかなり異質だ。

「そいつはいきなり爆発したり衝撃波《しょうげきは》を飛ばしたりするということか？」

「さ、さぁ、わたくし共にも分かりかねますね……ですが個性とお考えになればこれほど際立つものもないかと！」

相当に無理のある解釈《かいしゃく》だ。前触《まえぶ》れなく爆発したり衝撃波を撒《ま》き散らしたりする奴《やつ》を個性と呼ぶのであればなんだってありになる。

「別にびっくり人間と結婚したいわけではないんだが……」

「そ、そうですか。ですが他の方ですと、お客様のご要望に沿う方はおられないかと」

「……むう」

ここは妥協《だきょう》すべきだろうか。躊躇《ちゅうちょ》していて機を逃《のが》すと、勇者を捕らえられる日もそれだけ遠くなる。ぼやぼやしていて完全覚醒を許してしまったなどということがあれば、魔王《まおう》に顔向けすることが出来なかった。

（まあいい。どうせ仮初《かりそめ》の結婚だ。とりあえず話をしてみて不味ければ断ればいい）

どうとでもなるだろう。リィドは自分の中で納得し告げた。

「分かった。その相手と会わせてくれ」

その言葉に、不安に顔を曇《くも》らせていた女性は一転、太陽のように眩《まぶ》しい笑顔を見せたのだった。

結婚相談所の女性が手配し相手と会うことになったのは、住宅街にある広い公園だった。

穏やかな日差しが降り注ぐ中、リィドはベンチに座って待機することになる。

（さて……上手《うま》くいくといいが。我ながら行き当たりばったりだが、他にやりようもないのだから仕方ない）

リィドはなるようになれと、林立する木々の新緑が揺《ゆ》らめく様子を、漫然《まんぜん》と眺めていた。

「……あの、リィドさん、ですか？」

その時。不意に声をかけられてリィドはわずかに体を竦《すく》ませる。来たらしい。

結婚相談所の要望欄《らん》に常軌《じょうき》を逸するようなものを書く人間だ。一体いかなる相手であるのか。喉《のど》を鳴らして視線を、声のした方へと向けた。

果たしてそこに立っていた人物に――リィドは、目を瞬《まばた》かせる。

実に可憐《かれん》な女性だった。

陽の光に煌《きら》めく金色の長い髪《かみ》を、腰《こし》の辺りまで伸ばしている。身に着けたワンピースから露出《ろしゅつ》した肌は傷や染《し》み一つとしてなく、滑《なめ》らかな陶器《とうき》を思わせた。

線の細い顔立ちに、今日の青空を溶《と》かし込《こ》んだような瞳《ひとみ》を宿す目は、団栗《どんぐり》のように丸く愛らしい。小さく形の良い鼻筋の下には、控《ひか》えめだが血色の良い、ふっくらとした唇《くちびる》があった。

醸《かも》し出す雰囲気にはそこはかとない気品があり、貴族の令嬢《れいじょう》であると紹介されても疑いなく信用してしまうだろう。

「あの、違います？　わたし、結婚相談所の人に紹介してもらった、レナです、けど……」

呆然《ぼうぜん》としていたリィドを見て、勘違《かんちが》いしたのかと思ったのか女性の声はしりすぼみになっていく。

「あ……ああ。いや、そうです。リィドです」

ようやく冷静さを取り戻してリィドが答えると、女性――レナはほっとしたように笑みを零《こぼ》した。

「良かった。あの、なんだかびっくりされている様子でしたので。違う方なのかと」

「い、いや。なんというか……少しぼーっとしていたもので」

「そうですか。お待たせしてしまってすみません。家が遠いもので。……お隣《となり》に座ってもよろしいですか？」

もちろん、と頷《うなず》いてリィドは場所を空けた。レナは頭を下げて、ゆっくりと腰かける。

（……とんでもない暴れ馬でも来るかと思っていたが、礼儀《れいぎ》作法もしっかりしているし、所作も問題ないな）

なぜ彼女《かのじょ》のような人間がわざわざ結婚相手を探す必要があるのか。そんなことをしなくても引手数多《あまた》のような気もするが――とリィドは首を傾《かし》げた。

「改めまして、お初に目にかかります。レナと申します」

そうこうしている内、レナが膝に手を置いて一礼した為に、リィドも同じ仕草で倣《なら》った。

「この度《たび》はご縁《えん》を頂き、本当にありがとうございます」

「いえ、こちらの方こそ。ありがとうございます」

ほぼ同時に双方《そうほう》とも顔を上げた為、レナと真《ま》っ直《す》ぐ目が合う。それが面白《おもしろ》かったのか、彼女はくすりと笑った。親しみやすい人物ではあるようだ。

リィドは深呼吸すると、レナに対して口を開く。

「あー……レナ、さんは、山で独り暮らしをしているとか。大変ではないですか」

「ああ。いえ、そうでもありません。最初は苦労しましたが、今は慣れました」

とりあえず無難な話を振ると、レナはゆっくりと首を横に振った。

「そうですか。ずっとそこに住んでおられるんですか」

「いいえ。幼い頃《ころ》は離れた街で暮らしていました。ですが両親が病で亡くなり、親戚《しんせき》に引き取られまして……ずっとご面倒をかけていましたので、数年前に家を出たんです」

「そうでしたか。それは大変でしたね……ちなみになんという街に？」

「今ではすっかり有名になりましたから、ご存《ぞん》じかも知れません。レイラークという国の王都で、ストリアという名前の街です」

「……え？」

「あ、こう言った方が分かりやすいですね」

リィドの表情を見て誤解したのか、レナが更《さら》にはっきりと口にした。

「今は──魔王によって支配されてしまった街です」

「…………。奇遇《きぐう》ですね」

しばらく沈黙《ちんもく》した後で、リィドは返す。

「オレも同じ街の出身です」

次に驚くのはレナの番だった。声もなく、目を丸くして口に手を当てている。

（……待て。待てよ。ストリアに住んでいた、レナという女？）

リィドの脳内で急速に記憶《きおく》が再生されていく。結婚相談所で感じた引っ掛かりが何であったのか、瞬く間にその答えが出た。

「あなた……いや、お前、もしかして。……あのレナか？」

「え？　え、ええ？　その……待って下さい。リィド……リィくんですか⁉」

自分と同じくしてレナもある事実に行き着いたようだ。信じられないような顔を作る。

「そうだ。ストリアのリィドだ。そうか。どこかで聞いたことがあると思った。しかし、まさかあのレナだとは……」

「わたしもびっくりしました！　名前を見た時に、まさかと思っていたんですが、本当にリィくんだったなんて！」

歓喜溢《かんきあふ》れる、とばかりにレナはリィドの手を握《にぎ》った。

「うわっ⁉」

途端《とたん》にリィドは全身が熱くなり、座ったまま飛び跳《は》ねてしまう。

「あ、どうかしましたか？」

「いや、なんでもない。とにかく……こんなところでお前に会うとはな」

かつてとは面影《おもかげ》がないほどに成長を遂《と》げていた為、全く気付かなかった。

彼女は――レナは、リィドが幼い頃に仲良くしていた女の子だ。

当時は毎日のように一緒《いっしょ》に居たが、彼女の両親が病死したことで遠方へ引っ越《こ》すことになり、別れてそれきりになっていた。

「ええ、本当に。久《ひさ》し振《ぶ》りです、リィくん。この街に住んでいたんですね！　全然知りませんでした」

先程《さきほど》のどこか余所余所《よそよそ》しい態度はなくなり、レナの反応にぐっと親しみが増した。

それは別に構わないのだが、

「いや、そのリィくんってあだ名はやめろよ」

「え？　どうしてですか。リィくんはリィくんですよ。リィドって上手く呼べなかったから、わたしがリィくんって呼びたいって言い出したんですよね。だから、リィくんは、リィくんなんです！」

「連呼するな。ガキの頃とは違うんだ。リィドと言え」

リィドの方も途端に気遣《きづか》いがなくなった。およそ十年ぶりの再会ではあるが、相手がレ

ナと分かるだけで緊張感《きんちょう》は零になる。

「ふふ、どうしたんですか？　ひょっとして照れてます？」

「……そんなことはないが。いい加減、歳《とし》も歳だろ」

小首を傾げて悪戯《いたずら》っ子そうに微笑《ほほえ》むレナから図星を突《つ》かれ、リィドは目を逸《そ》らした。

「ところで、お前。なんで結婚したいんだ」

次いで、場の流れを変える為に質問する。

「どうしてって……わたしも年頃《としごろ》ですから。リィくんもそうではないですか？」

「それは……。まあ、そうだが」

まさか、勇者を見つける為に結婚しようと思っていたなどとは口が裂《さ》けても言えない。

「それにしても結婚相手を探しに来てお前と引き合うとは……凄《すご》い偶然《ぐうぜん》だな」

「確かにそうですね。もしかして……運命、だったりして」

「そんなものはない。こういうのは腐《くさ》れ縁というんだ」

「仮にも可愛《かわい》い女の子と再会を果たしておいて、その言い方はどうかと思います」

「自分で可愛いと言うな」

「誰《だれ》も言ってくれませんから自分で言うんですよ？」

妙《みょう》に説得力のあることを、と思いつつリィドは話題を変えた。

「さっき親戚の家を出てから一人で暮らしてるって言ってたな。仕事は何してるんだ」

「あ、はい。冒険者をやっています」

「お前が……冒険者？」

リィドは眉《まゆ》を顰《ひそ》めた。自らの記憶の中にあるレナは、そういった荒事はかなりの苦手としていたはずだからだ。

「嘘をつけ。出来るはずがない。お前みたいなへなちょこが」

「出来ますよー。失礼ですね。リィくんの知っているわたしとは違うんです」

「……どうも信じられないな」

「むう。分かりました！　そういうことなら仕方ないですね。論より証拠《しょうこ》です」

レナは立ち上がると、リィドの手をとった。

「丁度、今、依頼を受けているところなんです。実際に見せてさしあげますから、ついてきてください」

「これから!?　オレ達《たち》、一応、結婚相手を探して会ったはずなんだが？」

「それはそれ、これはこれです。さ、行きますよ」

「おい！　手を放せ。ちょっと！　話を聞け！」

必死で呼びかけたがレナは聞く耳をまるで持たず——強引《ごういん》に、リィドの手を引っ張って歩き出したのだった。

街の広場に停《と》まっていた馬車を捕《つか》まえて、走らせること半日ばかり。

レナがリィドを連れて辿り着いたのは、とある岩山だった。

「ここを登ります。大丈夫《だいじょうぶ》です。すぐですから」

「……まあ、ここまで来たからには従うが。そもそも何の依頼を受けたんだ」

渋々《しぶしぶ》とレナの後ろについて進んでから、リィドは彼女の背中に向かって問うた。

「魔物退治です。この山の坑道《こうどう》に棲《す》みついたものを退治して欲しいという依頼でして」

「魔物退治、ねえ。鼠《ねずみ》一匹にすら悲鳴を上げてオレにしがみついていたお前が」

「リィくん、自分の体験を人のものとして語るのはよくないですよ?」

「正真正銘《しょうしんしょうめい》お前のことだよ」

リィドの突っ込みも、レナは聞こえない振《ふ》りをしていた。

まったく、とリィドがため息をつきながら、歩くこと三十分ほど。

目の前に見えて来たのは、巨大な闇《やみ》を覗《のぞ》かせた坑道の入り口だった。

「この奥だそうです」

全く恐《おそ》れる様子もなく、レナは内部へと足を踏み入れる。

（……もしものことがあったらオレが助けるか）

そう密《ひそ》かに考えつつリィドはその背を追った。

坑道内を進むと、やがて四方を見渡《みわた》せない暗闇と化した。しかしすぐに周囲を仄《ほの》かな灯《あか》りが照らす。レナが腰に下げていたランタンに火を灯《とも》したのだ。街を出る前に購入《こうにゅう》したものだった。

坑道の周囲は鉱石まじりの岩壁《がんぺき》が、奥まで続いている。

幸いだったのはほぼ一本道であるため、迷う心配がないということだろうか。

静寂《せいじゃく》の中、しばらく無言で足を進めていたリィドは、ふと思い出して言った。

「そういえばお前、結婚相談所の書類に魔術《まじゅつ》が使えるって書いていたな。オレと一緒に居た頃に見たことはなかったが」

「ええ。リィくんと別れてから扱《あつか》えるようになったんです」

ほとんどの場合、魔力《まりょく》を持つ人間は生まれて物心ついた頃にそれが分かる。魔力を持つ者が触《ふ》れることで、属性に合わせて色を変える鉱石が存在する為《ため》だ。

各国に存在する、創造主ルタディを祀《まつ》る教会には必ず一つ設置してあるそれを使うことで、その者は自身に魔術の適性があることを知る。

魔力は神が人に与《あた》えた恩恵《おんけい》であると言われている為、教会側は魔力検査を積極的に勧めていた。魔術が使えるということはそれだけで他の者より生きることが楽になる為、親も率先《そっせん》して自分の子どもに検査を受けさせるという訳だ。

ただ稀《まれ》にではあるが、後天的に魔力が発芽する者もいる。原因は不明だが、生まれた頃にはなくても、ある程度の年齢《ねんれい》になった時に、突然《とつぜん》に目覚めるのだ。故に珍しくはあるものの、レナの話は全くありえないということでもなかった。

「そうか。しかし未《いま》だに受け入れられんな。レナと魔術というものが全く結びつかない」

「わたしだってもう一人前なんですよ。どんな相手が出たって魔術で打ち倒《たお》して——」

レナが振り返り、リィドに抗議《こうぎ》しようとした瞬間だった。

——凄《すさ》まじい咆哮《ほうこう》が坑道内に響《ひび》き渡《わた》る。

「きゃっ⁉」

反射的に、レナは体を竦ませる。

「大した一人前だな」

皮肉を口にしたリィドに、レナは「すみません、びっくりしてしまいました」と照れくさそうに笑う。そんな彼女の後ろから、何か大きなものが現れた。

肥大化した蛙《かえる》のような異形だ。全身が真っ赤に染まり、所々に疣《いぼ》のついた肌はぬめりを帯びて、ランタンの淡《あわ》い光を照り返している。ぎょろりとした目をもつ平べったい顔面には裂けるような口がついており、時折開けては長い舌をちらちらと覗かせた。

皮膜《ひまく》のついた四肢《しし》を地について、跳《と》び上がりながら近付いてくる。

「……サラマンダーか」

素早《すばや》い動きと高い跳躍力《ちようやくりよく》を持つ魔物だ。加えて言うならばその大きな口からは火を放つ。

現れた一体の後ろから、続々と仲間が現れた。その数はざっと見て十匹以上。

「なんだか、沢山出てきましたね……」

「レナ、下がっていろ。さっきの様子だと、やっぱりお前に冒険者は無理だ。今までやってこれたのが不思議なくらいだ」

気味悪そうにサラマンダーを見るレナに手を振って、リィドは前に出た。

サラマンダー達はリィドを見て、一斉《いつせい》に身を縮める。

瞬間、全員が揃《そろ》って大きく跳び上がると、口を大きく開けた。

喉奥《のどおく》に紅の色が灯り、ほぼ同時に灼熱《しやくねつ》の球を吐《は》き出す。

「リィくん、危ないです！」

レナが注意を飛ばしてくるが、リィドは全く動じていなかった。

「この程度はどうとでもなる。――牙を立てろ【影《かげ》の虚狼《きよろう》】」

リィドは素早く魔力を発動すると、虚空《こくう》に手を翳《かざ》す。

即座《そくざ》に周囲へ広がりを見せた影が、一気に盛り上がりを見せた。天井《てんじょう》に届かんばかりに築き上げられた暗黒の塊《かたまり》は細部が溶けるように下がっていき、ある形を生み出していく。

巨大な、頭だけの狼《おおかみ》が、地面ごと削《けず》るようにして進んだ。

鋭い牙を覗かせた口蓋《こうがい》を大きく開けると——一気に、火球ごとサラマンダーを呑《の》み込む。

坑道内にしばらくの間、硬《かた》い物を咀嚼《そしゃく》するような不快な音が幾度《いくど》も響いた。

だがやがて狼は口内にあるものを、音を立てて飲み下した。

リィドが指を鳴らすと、影はすぐさま雲散霧消《うんさんむしょう》する。

「……すごい……」

レナはしばらく呆気《あっけ》にとられたような顔をしていたが、次いで小さく手を叩《たた》いた。

「すごいです、リィくん。魔力があるっていうのは知っていましたけど、こんな魔術を使えるようになっていたなんて！」

「まあ、オレもお前と別れてから色々あったからな。しかし、レナ、悪いことは言わないから帰った方がいいんじゃないか。さっきの咆哮はサラマンダーのものじゃない。何かもっと大きなものがこの先に……」

言いかけたリィドはそこで口を閉ざした。再び叫《さけ》びが聞こえて来たからだ。しかも先程より近い。姿が見えないにもかかわらず、声だけで全身が痺《しび》れる程《ほど》だった。

「こいつは尋常《じんじょう》な相手じゃないな。やはり帰って依頼は断った方がいいぞ」

「行ってきます」

再びレナの方を向いて話しかけようとしたリィドだったが、レナはすでに動き出していた。驚《おどろ》くべき速さで坑道の奥へと走っていく。

「なっ……おい、待て！」

予想外の行動にリィドは慌てて追いかけた。だが一向に追いつくことが出来ない。全速力で向かっているのに、少しもレナとの距離《きょり》が縮まらなかった。

（変だ。こいつ、こんなに足が速かったか？）

訝《いぶか》しがっている内に細い道を抜《ぬ》けると、だだっ広い場所に出る。

レナはその中央辺りでようやく足を止め、なにかを見上げていた。

「お前、人の話を聞けって……」

さすがに息を切らしながら話しかけていたリィドだったが、レナが見つめているものを目にして――硬直《こうちょく》する。

最初は、巨大《きょだい》な岩の塊だと判断した。

しかしやがて、それが一匹《いっぴき》の魔物であると理解する。

外見としては蜥蜴《とかげ》だ。広大な空間の半分以上を占拠《せんきょ》している巨体《きょたい》を横たわらせている。

だがその尖《とが》った顎も長い胴《どう》も、そこから長々と伸《の》びる尾《お》も、全《すべ》てが岩で出来ていた。

腕《うで》の良い彫刻《ちょうこく》師によって生み出されたかのような石だらけの化け物だ。

「ストーンドラゴン……」

その外見から分かる通り驚異的《きょういてき》な防御力《ぼうぎょりょく》を持っている魔物だ。物理的な攻撃《こうげき》はもちろんのこと、生半可な魔術では全く功をなさない。それこそ攻城《こうじょう》兵器に等しい力をもってこそ、ようやく傷一つつけられるような、そんな存在だ。

ストーンドラゴンは主に鉄などの鉱石を含《ふく》む石を食料としている。取り込んだ成分を分解、栄養素にすることで外殻《がいかく》を構成しているからだ。恐らくはそれまで巣にしていた場所の餌《えさ》が枯渇《こかつ》したことでここに移って来たのだろう。

それはともかく――非常に厄介《やっかい》な相手だった。

「レナ、こいつがお前の受けた依頼の標的か」

「はい。聞いていた外見特徴《とくちょう》と一致《いっち》します。間違《まちが》いありませんね」

「そうか。なら、お前は手を出すな」

リィドはサラマンダーの時と同じくレナの前に出ると、手を翳した。

「こいつはさっきのサラマンダーとは比べ物にならないほど手強《てごわ》い。お前がどんな魔術を使えるかは知らないが、さすがに相手が悪過ぎる」

自分であれば倒すことは可能だろうが、逆に言えば四天王と認められる実力がなければ荷が重すぎるだろう。そう思っての発言だったが、レナは予想外の返答を口にした。

「いえ、倒せますよ？」

「……。あのな。お前も冒険者なら、相手を見極《みきわ》める術を身に付けた方がいいぞ。熟練であればあるほど勝てないと思った奴からはあっさりと退く。それは決して情けないことなんかじゃない。生き残るために必要なものなんだ。だから格好悪いなんて思わずに」

「見極めた上で倒せると思ってます」

振り返って見たレナの顔はあくまでも自然だった。虚勢《きょせい》を張っているようには見えない。

（こいつ……どういうつもりだ。本当に何も分からないのか、根拠《こんきょ》のない自信を持っているだけなのか）

彼女の表情からは判断がつかなかった。

「いや無理だろう。大体、サラマンダー如《ごと》きで驚いていたような奴がストーンドラゴンなんて倒せるはずがない」

と、言った時、背後で気配が動きを見せた。急いで前を向いたリィドは、ストーンドラゴンが緩慢《かんまん》な動きで立ち上がるところを目視する。

相手はリィド達を見つめながらしばらく黙り込んでいたが――やがて、ゆっくりと顔を天井に向けた。そして。

「――――ッ！」

突然、何の前触れもなく、衝撃を伴《ともな》うような咆哮を上げた。あまりの大きさに坑道内が激しく揺れて、壁《かべ》が大量の砂や岩を落とす。肌《はだ》が粟立《あわだ》つ感覚にリィドは舌打ちした。

「ほら、見たことか。こんな奴とお前が戦って」

「リィくんは、見ていてください」

いつのまにか。レナはリィドの先に立っていた。

「問題ありません。言ったでしょう。あの頃のわたしとは違《ちが》いますから」

リィドの方を振り向いて、微《かす》かな笑《え》みを浮《う》かべると――レナは改めてストーンドラゴンと対峙《たいじ》する。相手は彼女を敵と認定《にんてい》したのか、前傾《ぜんけい》姿勢をとった。

同時に、轟《ごう》という音が鳴る。

大地を強く踏《ふ》みしめて、ストーンドラゴンは巨岩《きょがん》の塊と化した己《おのれ》の尾を振るった。それは辺りの頑丈《がんじょう》な岩壁を容易《たやす》く削り取りながら、レナに向かって降り注ぐ。

咄嗟《とっさ》に庇《かば》おうと動き出そうとしたリィドはしかし、そこでつんのめった。

先程の咆哮に勝るとも劣《おと》らぬ、激しい衝撃音《しょうげきおん》が坑道内を渡る。

ストーンドラゴンの尾がレナの小さな体を直撃《ちょくげき》した。……のではない。

彼女はあろうことか――素手《すで》で、攻撃を受け止めていた。

リィドは自らの目を疑った。が、間違いはない。

いや、正確に言えば完全な素手ではなかった。

レナの握った拳《こぶし》の周りを、光の粒子《りゅうし》のようなものが集結し覆《おお》っている。まるで輝《かがや》くヴェールで包み込まれているかのようだ。しかしかと言って、たかが薄衣《うすごろも》のようなものでストーンドラゴンの強烈《きょうれつ》な攻撃を受け止めきれるはずがない。

何が起こっているのか分からないのはリィドだけではないようだ。ストーンドラゴンも目を見開き動揺《どうよう》するように、何度も執拗《しつよう》に尻尾《しっぽ》をレナに叩きつけ続ける。だが彼女は吹き飛《ふ》ばされるどころかまるで微動《びどう》だにしなかった。

更に彼女はそのままの姿勢で、深々と頭を下げる。

「ごめんなさい。でもあなたがここに居ると鉄を掘《ほ》れませんし、人を襲《おそ》うと傷つく人が大勢出てしまいます。ですから――」

顔を上げて、申し訳なさそうな顔をしたままで、レナは言った。

「倒させてもらいますね」

空いた方の掌《てのひら》を、無造作に翳す。

刹那《せつな》――カオンッ――と、筆舌《ひつぜつ》に尽《つ》くし難《がた》い音が鳴った。

膨大《ぼうだい》な光の奔流《ほんりゅう》がレナの掌から迸《ほとばし》ると、ストーンドラゴンの巨体を呑み込んだ。あまりの眩《まばゆ》さにリィドは腕で視界を覆って隠《かく》す。まるで太陽その物を召喚《しょうかん》したかのように、空間内は真っ白な輝きに包まれた。

それは一瞬《いっしゅん》のことで、すぐに場は元の状態を取り戻《もど》す。

だがそこに、相手の姿は微塵《みじん》も残っていなかった。

「……嘘だろ」

唖然《あぜん》としてリィドは立ち尽《つ》くす。

たった一撃《いちげき》で、あのストーンドラゴンを欠片《かけら》も残さず消し去ってしまった。

「うん。依頼終了《いらいしゅうりょう》ですね」

レナは手を払うと、リィドの方へと向き直る。

「今の見ましたよね、リィくん。わたし、力を持ったんです。こんな風に、ドラゴンだって倒すことが可能になりました」

落ち着いた口調で告げるレナに、リィドはしばらく何も言い返すことができなかった。

「……どうしたんですか？　リィくん」

「あ……ああ、いや。今の力が……お前の魔術？」

「ええ、そうです。わたしの魔術です」

「……………。そうか」

長い沈黙の後、淡泊《たんぱく》に告げたリィドの様子が妙だったのか、レナは眉を顰《ひそ》めた。

「本当にどうしました？　変ですよ？」

「なんでもない。そうだな。依頼も終えたし、とりあえず、坑道を出るか」

背中を見せて歩き出すリィドに、レナは不思議がりながらもついてきた。

そのまま特に会話を交《か》わすことなく山を下り、麓《ふもと》にある広い場所までついたところでリィドはようやく再び口を開く。

「悪い。少しここで待っていてもらえるか。ちょっと用事を済ませてくる」

「用事ですか？　こんなところで？　別に構いませんが」

リィドは「悪いな」と返しながら、彼女の元を離《はな》れた。

なるべく遠くまで行ったところで木々の集まる場所を見つけ、繁《しげ》みに入ってしゃがみこんだ。ここなら後ろから見えることはない。

リィドは即座に魔術を行使した。と言っても闇に属するものではなく、さほど魔力を使わず魔導士《まどうし》であれば誰でも普遍的《ふへんてき》に扱うことの出来る、汎用魔術《はんようまじゅつ》と呼ばれるものだ。

その内の一つ『通信術』を発動すると、目の前に薄《うす》い硝子《ガラス》板のようなものが浮かび上がった。表面は背後の景色を透《す》かしていたが、やがて乱れ出し、ある像を結びつける。

『……なんだ、リィドか。どうした』

現れたのは遠方にいるアスティアだ。離れた場所に居る者と連絡《れんらく》を取り合うことの出来る魔術である。

「お忙《いそが》しいところ大変申し訳ありません。至急お知らせしたいことありまして」

『……申してみよ』

「はっ。ご報告いたします。私としましても信じられないことではあるのですが――」

未だに完全には冷静になれておらず、声が上擦《うわず》ってしまう。

リィドは咳払《せきばら》いし、落ち着きを取り戻してから、厳《おごそ》かに言った。

「――光の勇者を発見致《いた》しました」

そう。間違いない。ストーンドラゴンを倒す為にレナの使った魔術は、光に属するもの。

つまり――信じられないが、彼女こそが、リィドの探し求めていた【光の勇者】なのだ。

確信した時は取り乱しそうになったが、どうにか感情を抑《おさ》えこんだのである。

『なに？　もうか？』

「はっ。間違いありません。魔王様より聞かされておりました、勇者だけに使える神の力……光の魔術の行使をこの目で見た次第《しだい》に御座《ござ》います」

『それは僥倖《ぎょうこう》。良くやった。して捕《と》らえられそうか？』

「……それが、思っていた以上に覚醒《かくせい》は進んでいまして。今のところ、私の力よりは劣るようですが、それでも捕縛《ほばく》となるといささかに難しくなるかもしれません。ストーンドラゴンを、瞬きする間もなく一撃で葬《ほうむ》り去りました。相当なものです」

『ふむ。……しかし、リィド、そもそも汝《なんじ》はどうやって光の勇者を見つけたのだ？』

「それは……そうですね。最初からお話しします」

リィドはアスティアに、人間側の領域に入ってからのことを包み隠さず全て報告した。

『なるほど。潜入《せんにゅう》任務の為に結婚《けっこん》相手を探しにいったところ、幼馴染《おさななじみ》と再会。しかも彼女が勇者であることが発覚したと。驚くべき偶然だな』

「はい。ただ、彼女はどうやら己が勇者であると自覚してはいないようです」

『それは……そうかもしれぬな。もし知っているのであればとっくの昔に王に申し出ているであろう。しかしどういうことだ。神の紋章《もんしょう》があれば自分がそうであると分かるはず』

「事情は計りかねます。ただ想定外の事態が起こった以上、まずはアスティア様にご報告し今後の指示をうかがおうかと思いまして」

硝子板の向こうに居るアスティアは腕を組み、「そうだな……」と虚空を眺《なが》め始めた。

勇者が覚醒寸前にある以上、彼女の立てた計画は水の泡《あわ》だ。捕縛できないのであれば、殺せと命じられてもおかしくはない。

（レナの命を奪《うば》う、か。任務であれば致し方《かた》ない。だが……）

リィドの心中に、迷いが生まれた。幼馴染だから、という以上の、強い想《おも》いが影響《えいきょう》している せいだ。

（いや。魔王直属の配下として冷徹《れいてつ》にあらなければならない。たとえ、どのような指令が下されようとも）

『よし。こうしよう』

強引に己の感情をねじ伏《ふ》せ、リィドは静かに沙汰《さた》を待った。そして――。

アスティアは、何かを思いついたように指を立てた。リィドは自然と身構える。

やがて、彼女はあまりにもあっさりと言った。

『――そのまま結婚しろ』

「……は？」

『そのまま勇者と結婚すればいい。それで万事《ばんじ》解決だ』

「けっこ……お待ち下さい！」

想定外過ぎて思わず大声を出してしまい、リィドは自分の口を塞《ふさ》いだ。レナに聞こえるのは不味《まず》い。

「……どういうことでしょう。ご説明願えますか？」

改めて小声で尋《たず》ねたリィドに、アスティアは名案とばかりに語り始めた。

『良いか。そもそもわらわの計画は勇者を無力化し、その間に各国と交渉《こうしょう》を進め、なるべく犠牲《ぎせい》を出さずにこの度の侵略《しんりゃく》を終えることだ』

「ええ。ですが……それであれば、捕縛できない以上、暗殺することが最も有効かと思われますが」

『確かにそうだ。しかし、もしリィド、汝が勇者との戦いにおいて回復できない程の傷を負ったらどうする。そうでなくとも、無傷では済むまい』

そんなことはない、と言いたいところだったが、認めざるを得ない。

レナの力は見たところ、現状に於《お》いてリィドに劣ってはいる。が、脅威《きょうい》であることには変わりなかった。少なくとも、他の四天王よりは勝っている。

そんな相手とまともにぶつかって、軽症《けいしょう》で済むとは思えなかった。

『汝は大事な部下だ。万が一のことを考えればあまり気は進まん。ならば、と踏まえた時、そもそもが勇者が勇者として活動しなければ問題はないのだと思ってな』

「……それで結婚、でございますか？」

いささか発想が飛躍《ひやく》している気もするが、と思っているリィドに、アスティアは、

『うむ。汝が勇者と結婚し、共に過ごす中で、そのレナという少女が皆《みな》の前で魔術を使お

うとしたら密かにドレインで魔力を吸収して無効化してしまう。そうすれば周囲にもバレず彼女自身も勇者であるとは知らぬままになる。急に魔術が上手く使えなくなることで不《ふ》審《しん》がるかもしれないが、そうした体の不調も過去に例がないわけではないからな』

「……なるほど。確かにそうですね」

結果的に勇者を無力化するという意味では成功している。だが、

「一つ、問題があります。魔王城にある文献《ぶんけん》にも残されていますが、勇者は完全覚醒したその時、神の紋章が輝き、世界をその光であまねく照らすと言われております。そうなれば幾《いく》ら私めが力を抑えていても、権力者側に勇者の存在が知られてしまうのは必然かと」

そうなれば何をしても無駄《むだ》だ。勇者は国側に祀り上げられ、対魔王軍の矢面《やおもて》に立たされてしまうだろう。

『分かっておる。だからこれは、その前にわらわが目的を成《な》し遂げるか、それとも神の意志が先んじるか、時間との勝負だ。わらわもなるべく急ぎ事を進める。故に汝には勝敗を決するまでの時を出来るだけ延ばして欲《ほ》しいのだ。もしも、これ以上覚醒が進んで汝にすら手に負えないとなれば――その時は、命を奪うことも致し方ないことではあるが』

「……なるほど。そういうことであれば承《うけたまわ》りました。魔王様の仇敵《きゅうてき》と結ばれることにはいささか気の引けるところではありますが――不肖《ふしょう》このリィド、身命を賭《と》して勇者との結

婚を成功させてみせます」

『うむ。苦労を掛《か》けるが頼《たの》むぞ。それではわらわは早速《さっそく》動くとしよう』

「はっ。魔王《まおう》様であれば必ず成功なさることと確信しております。では、私もこれで失礼致します」

頭を下げたままで、通信を切る。硝子板は溶けるように消えた。

「……勇者と結婚……」

リィドは呟《つぶや》くと、拳を握った。強く——何よりも強く、肌が白くなるほどに。

魔王一族を長年に亘《わた》って苦しめ続けてきた因縁《いんねん》の相手。それがよりにもよって幼馴染のレナで。魔王の命令とは言え婚姻《こんいん》関係を結び共にいなくてはならない。

(そんなもの——そんなもの——)

全ての力を使い、握りしめ続けた両の拳を、リィドは高々と掲《かか》げた。

怒《いか》りではない。憎《にく》しみでもない。悲しみでも、苦しみでも、恨《うら》みでもない。

これは——。

「よっしゃあああああああああああああああああああああ‼」

心からの喜びであった。

「はっ。まずい……！」

つい大声を出してしまった。リィドは慌《あわ》てて両手を使って己の口を塞ぐ。

だがそれでも嬉《うれ》しさが零れ落ちてしまう。唇《くちびる》が自然と緩《ゆる》むのを止められない。

それも仕方のないことだった。

(てっきり帰って来いと言われるのかと思っていた。計画を中止しろと。レナとの結婚を諦《あきら》めろとそう言われるのかと)

だが実際は違っていた。寧《むし》ろアスティアは、リィドの主君は、積極的に勧《すす》めてきたのだ。

レナと結婚して傍《そば》にいろと。

(まさに降って湧《わ》いたような幸運だ。こんなことがありえていいのか! オレは、オレは今、この上なく自らの運命を祝福したい……!)

実はレナと再会して以来、彼女に素っ気無い態度をとっていたリィドではあったが、それは完全に表向きでのことだった。

ずっとずっと昔。それこそレナに出逢《であ》った頃から。

リィドはずっと——彼女のことを、異性として意識していたのだ。

しかし諸事情から想いを告げることは出来ず、そのまま別れることになってしまった。

しかしそれが回り回って十年後。まさかの再会、かつ、お互《たが》いに結婚相手を探している。

これを絶好の機会と言わずしてなんという。

（創造主ルタディ。普段《ふだん》は欠片も敬意なんて抱《いだ》いていないが、この瞬間《しゅんかん》だけは、お前の与えた定めに感謝してやる。ひれ伏して偉業《いぎょう》を褒《ほ》め称《たた》えてやる）

リィドは天を仰《あお》ぎ、手を合わせて祈《いの》った。

そして、振り返り――。

そこにレナが立っているのを見る。

「うおっ……!?」

意識せずとんでもない声を出してしまいながら跳び上がった。

「え？　どうしました？」

不思議そうな顔をするレナに、リィドはそこで冷静さを取り戻した。軽く咳払いをし、

「そ、それはこちらの台詞《せりふ》だ。お前、どうしてここにいる」

「ええ。リィくんが神妙《しんみょう》な顔をして遠くに行ったので、少し心配になりまして」

「そ、そうか。……ちなみに、どこから聞いていた？　オレが大声を上げたところだろう？最後の方の。そうなんだよな？」

ならば問題はない。どうとでも誤魔化《ごまか》しは利く。そう思ったのだが、

「そうですね……リィくんが、通信術で魔王、アスティア様でしたか、と話し始めたところです」

「思いっきり最初じゃないか……」

最悪の結果だった。額に手を当てるリィドに、レナは丁寧《ていねい》な仕草で頭を下げる。

「ごめんなさい。なんだか二人とも真剣《しんけん》だったから、声をかけ辛《づら》くて……」

「いや、それはもういい。つまりあれか。お前、全部聞いたということか。オレと魔王様の会話を」

答えなど分かり切っているが、否定してくれることに一縷《いちる》の望みを賭《か》けてリィドは尋ねた。しかし現実はそう甘《あま》くない。

レナは、ゆっくりと、しかし確実に頷《うなず》いたのだった。

「……終わった」

何もかも全て。リィドはその場に崩《くず》れ落ちそうになるのを、必死で堪《こら》えた。

レナが自分を勇者だと知ってしまえば、もうどうにもならない。彼女《かのじょ》は国王に申し出て完全覚醒を待ち、魔王を倒しにいくだろう。そうなればどう足掻《あが》こうと戦いは起こってしまう。もちろんリィドを始めとする四天王たちも死力を尽くして戦うだろうが、アスティアを以《もっ》てしても『勝てない』と断言するほどの相手だ。敵《かな》うはずもない。

いや、それよりもまず――レナが勇者だと判明した時点で彼女と結婚することなど、出来ない。

（上手《うま》くいったと思えばこのザマか！　やはり神など不要だ。今すぐ滅《ほろ》びるべき最悪最凶超絶《ちょうぜつ》超越《ちょうえつ》級にろくでもない存在だ）

出来るなら今すぐ根こそぎ消滅《しょうめつ》させてやりたい。そんな風に思いながらリィドが奥歯《おくば》を噛《か》み締《し》めていると、

「あの。リィくん。少し、いいですか？」

「なんだ。悪いが今のオレはひどく不機嫌《ふきげん》だぞ」

「分かりました。その辺り、配慮《はいりょ》します。……わたし、勇者なんですよね？」

「ああ、そうだ。聞いてたなら分かるだろう。お前は光の勇者だ。良かったな。皆の人気者だ」

「そうですか……。やっぱり、そうなんですね」

「だからそうだって言ってる……やっぱり？」

半ば捨て鉢《ばち》になって答えていたリィドは、レナの発言に眉を顰めた。

「はい。その……わたし、そうじゃないかなって思ってました。自分の体に変な痣《あざ》が浮かび上がってから、色々本とか読んで調べましたので」

言ってレナは服の襟を少し下げた。肩《かた》の辺りに、花を思わせるような紋章が浮かんでいる。間違いない。リィドが以前に文献で確認《かくにん》した、勇者であることを示すものだ。ただし、

それは完全ではなく、花弁に当たる部分が二つほど欠けていた。覚醒前の状態だからだろう。

「……どういうことだ。お前、自分が勇者だって分かっていたのか？」

「ええ。親戚《しんせき》に引き取られて少しして、痣があるのを見つけて。服を着ていると分からないところでしたので、他の人には見られることはありませんでしたが。その内に魔術が使えるようになって色々調べた結果、これが神様にもらった光の力というものなんだろうと」

「待て。なら、どうして名乗り出なかった。魔王様がこの世界に攻《せ》めてきてから随分《ずいぶん》経《た》つぞ」

「それは、その。……嫌《いや》だな、と」

気まずそうに目を逸《そ》らしながら、レナは言い難《にく》そうに告げた。

「勇者やるの――嫌だな、と、そう思っていたんです」

「……なに？」

耳に入ってきた言葉を理解できず、リィドはつい、気の抜けた声を漏《も》らす。

「もちろん、大事な役目だということは分かっています。ただ勇者になって、さっきリィくんが言ったみたいに国に祭り上げられて、魔王と戦わなきゃいけないということを想像すると、気が進まないなと」

「……もしかしてお前、それで自分が勇者であることを周囲に隠してたのか？」

「……。ええ、そうですね」

わずかな逡巡《しゅんじゅん》を見せたものの、レナはやがて、開き直ったように答える。

「ひどい話だと、自分でも思います。でもわたし、目立つのも、痛いのも、好きではないんです。不器用で他に何も出来ませんから、生活費を稼《かせ》ぐために魔物《まもの》を倒してますけど、本当は何かを傷つけるのもやりたくはありません。……わがままだとは分かっているんですけど。それに」

「それに？」

「わたし、両親を亡《な》くして親戚に引き取られたんですけど、折り合いが悪くて。小さい頃《ころ》から一人ぼっちで過ごしていて、寂《さび》しくて。だから夢があるんです」

体の前で指先を合わせ、照れくさそうに頬《ほお》を染めながら、レナは言った。

「両親みたいな家族を自分で作って、平凡《へいぼん》だけど穏《おだ》やかな毎日を送りたいって」

「……ああ。だから結婚相談所に？」

「そうです。成人しましたし、そろそろって……でも勇者として活動すればそんなことも出来ませんよね」

それはそうだろう。光の勇者と言えばいずれも歴史に残る英雄《えいゆう》だ。国側は対魔王用だけでなく、政治的にも利用しようとするだろう。国民からも称えられ特別扱いされる。たとえ彼女自身が強く望んだとしても『平凡』で『穏やか』な毎日からは遠ざかる。

「だから、せめて勇者として完全に覚醒するまでは、普通《ふつう》に暮らしたいって思ったんです」

「……そういうことか」

かつてのレナのことを思えば、無理からぬ話である。

彼女は、それほど自己主張をする性格ではない。むしろ誰《だれ》かの陰《かげ》に隠れ、大人しく静かに本を読んで過ごすような、そんな控《ひか》えめな人間だった。

成長して多少変わったとしても、そこは同じだということなのだろう。

「だから、リィくん。先ほど、魔王さんが仰《おっしゃ》っていたこと——わたしも、乗ります」

と、そこまで考えていたところでレナが唐突《とうとつ》に発言した為、リィドは面食らった。

「なに？　……オレと結婚するってことか？」

「はい。確かに今のままでは、どこかでわたしの魔術が勇者のものだとバレてしまう可能性は否《いな》めません。それにわたし、まだ力を上手く使いこなせていなくて……制御《せいぎょ》出来る範《はん》囲《い》を超《こ》えてしまうと、暴走してしまうんです。そんな時、リィくんなら止めてくれるんですよね？」

「ああ。そうだな。オレはドレインっていう相手の魔力を自分に取り込《こ》める魔術が使えるんだ。それがあれば、仮にお前の魔術が暴走しても、その根源である魔力を吸収すれば収まるだろう」

「すごいです。なら、仮にわたしの魔術がおかしなことになっても、誰かに見つかる前に消せるんですね」

「そうだな。可能だろう。……理想を言えば、事情を知った以上、お前が魔王領に引っ越《こ》してくるのが一番いいんだが、それは少し難しい」

「どうしてですか？　わたしも素性《すじょう》を隠すなら、それがいいと思うんですが」

「以前に魔王様からお聞きしたことがある。勇者の力は、敵意をもつ魔族が襲い掛かって来た際、自動的に発動する効果があるそうだ」

かつて、光の勇者に対して不意打ちを仕《し》掛《か》けようとした魔王軍が、それによって返り討《う》ちに遭《あ》い、全滅《ぜんめつ》したという。

「魔王様のお考えは、今のところオレ以外しか知らない。いや、仮に知ったところで、勇者を囲うということを許容できない者もいるだろう。そんな奴等《やつ》が魔王領に住んだお前の正体を知った時、どういう行動に出るかは明白だ」

排除《はいじょ》しようと、過激な選択《せんたく》をとるかもしれない。そうなれば、魔族側に大きな被害《ひがい》が出る可能性もあった。

「もしもオレの居ないところでレナが暴走すれば、取り返しのつかないことになる。だったら寧ろ、こっちで暮らした方が安全かもしれない」

「……なるほど。その通りですね」

納得《なっとく》したように、レナは頷く。

「だが……いいのか？ いくら自分が勇者だと知られたくないとは言え、オレと結婚するんだぞ？」

「はい、大丈夫《だいじょうぶ》です！」

言い切った後で、レナは、はたと我に返ったようにして、手を振《ふ》った。

「あ、大丈夫というのは……リィくんもわたしが勇者だと知られない方が都合よいから結婚するんですよね？」

「……それはそうだな。ああ。そういうことだ」

あくまでも表向きはということだが、とはさすがに口に出来なかった。

「では、わたしも同じことです。わたしも勇者だって知られたくないですから。結婚もしていない男女が二人で暮らしているというのも、周りの目からは不自然に映るかもしれませんし、それが一番いいと思うんです。つまりは、相互《そうご》利益の関係ということですね」

「……なるほどな。まあ、そういうことなら、問題はないか」

一時はダメだと思っていたことが逆転して上手く運んだ時、人は普段の倍以上に歓喜《かんき》する。リィドの中にも今、飛びあがらんばかりの喜びが湧《わ》き上がって来ていたが——それを必死に抑えつけた。

（落ち着け。あくまでもレナは自分の都合が良いからオレと結婚するんだ。オレのことが好きだからじゃない）

そう確信するに足る証拠《しょうこ》が一つあった。

レナと別れる前、何かがきっかけで、彼女に好きな異性がいることが発覚したことがあった。

『優《やさ》しくて、頼《たよ》りがいがあって、ちょっぴり素直《すなお》じゃないですけど、でもすごくあったかい心をもっていて、この人についていきたいって、そう思えるんです。わたしなんかじゃ告白しても振られちゃうから、しないんですけどね』

苦笑《くしょう》気味に語っていたその人物は、リィドとはかけ離れたものだった。そもそも、仮に好きな相手がリィドだったとして、その当人に他人事のようにして言うはずもないだろう。

（レナには別に好きな相手がいるんだ。今もそうだとは限らないが……すぐに想いを告げるには危険度《ど》が高い）

だが、かと言ってこの結婚が何の意味も生み出さないわけではなかった。

（常に一緒《いっしょ》に居るというのは相当に分が大きい。共に生活する中で少しずつ、レナの気持ちをオレに向けさせる。そうすることで、いつか彼女の方から告白させるんだ。そうして初めてオレも正直になる）

そういうことであれば話は早い。リィドは、自らの逸《はや》る心を悟《さと》られないよう、出来るだけ冷静になるよう努め、鋼の精神を持って——あくまでもさりげなく言った。

「なら、結婚するとしよう」

「ええ。よろしくお願いします！」

こうして、リィドはレナと、結ばれたのだった。

（……上手くいきました。バレていない……ですよね？）

あっさりと結婚を申し出て来たリィドに答えながら、レナは内心で自分に確認していた。

（きっと、大丈夫。リィくんは何も疑ってません。いつもみたいに、しつけの悪い猫《ねこ》みたいな顔をしてわたしを見ています）

人によっては柄《がら》が悪いと思われるだろうが、自分にとっては慣れ親しんだものだ。

（なんとか、ひとまずは誤魔化せたようです。頑張《がんば》った甲斐《かい》がありました）

レナはリィドに知られぬよう、密《ひそ》かに胸を撫《な》で下ろした。

完全覚醒するまで勇者であると他の者に知られぬよう、偽装結婚《ぎそうけっこん》をし、もしもの時はリィドに力を抑えてもらう。

それも嘘《うそ》ではないが――全て本当のことを言っているわけでもなかった。

（……夢みたいです。本当にリィくんと結婚するなんて）

本当に幻《まぼろし》ではないかと自分の頬をつねってみる。きちんと痛い。これは現実だ。

（やった。やった。やりました……っ！）

本当であれば、はしゃいで踊《おど》り出したいところだ。

だが必死でその衝動《しょうどう》を堪えて、喜びは内心だけに留《とど》めておいた。

「なんで自分の顔をつねる？　虫でも居たのか？」

リィドが怪訝《けげん》な顔をするのにレナは「なんでもありません」と平静さを装いながら答えた。知られてはいけない。決して知られることがあってはならない。

（わたしが――わたしがずっと、リィくんを好きだったってことを）

小さな頃から。それこそ出会って間もなく。

リィドのことを、異性として意識していた。

幼い頃の引っ込み思案《じあん》が影響して何も出来ず別れてしまい、もう二度と会うことはないのだろうと思っていた。それでも気持ちは冷めることなく、理想の結婚相手としては常にリィドの顔が浮かんでいたのだが——寂しさに耐《た》えきれず、過去を振り切るようにして相談所に赴《おもむ》いた。

が、なんという幸運だろう。まさか思い切った決断の果てがリィドに繋《つな》がっていたとは。自分に望まぬ力を与《あた》えた創造主ルタディではあるが、この采配《さいはい》だけにはいくら感謝してもしきれない。

（でも、リィくんはきっと、わたしのことが好きではありません）

彼《かれ》が結婚を申し出て来たのは魔王の為《ため》だ。つまりひいては自分の利益の為。

（……それにリィくんと別れる前、一度だけ勇気を出して、すごく分かりやすい形でわたしの好きな相手のことを言ったのに、全く何も思ってないようでした。きっと、わたしのことなんて何とも思ってないから流されたんです）

加えてもう一つ。レナにとって告白に踏み切れない事情があった。

（リィくん、確か昔、近所に住んでいたお姉さんに頭を撫でられて顔を真っ赤にしていました。女性に興味がなさそうだったのに、その後もお姉さんには結構、懐《なつ》いていましたし……年上で大人な女性が好きなのかもしれません）

今の自分はかつてと違って随分《ずいぶん》と落ち着いたという自覚がある。いつかリィドと再会した時の為にそういう所作を身に付けたのだが——しかし現状で彼の理想像に合致《がっち》するかと言えば、まだまだだという自覚があった。

だから今、仮に愛の告白をしたところで、報《むく》われる可能性は低い。

（……でもいいんです。報われないのなら報われるようにすればいいんです）

仮に自分自身の魅力《みりょく》が足りないのだとしても、行動によってそれを補い、リィドの気持ちをこちらに向ければいい。そうすれば向こうから好意を示してくるはずだ。

（そうです。その成功如何《いかん》は、これからの結婚生活にかかっているんです）

レナは気合を入れ、必ず勝利してみせると覚悟《かくご》を決める。

「よし……やりますっ」

小声で自らの両頬を叩《たた》いたレナは、リィドに対し、穏やかな笑みを向けるのだった。

第二章　偽りの幸福

「それにしても、リィくんが魔王軍に居たなんて驚《おどろ》きました。いつからなんですか？」

「そうだな……かれこれ、二年ほど前からになるか」

レナの先導で緩やかな山道を登りながら、リィドは言った。彼女の家に案内される道中である。

「元々は傭兵《ようへい》をしていたんだが、声をかけられてな」

「へえ。魔王さんも随分と大胆《だいたん》ですね。いわば敵とも言える人を部下にするなんて」

「ああ、まったくだ。あの方の器の大きさには恐《おそ》れ入るよ」

「でも、魔王直属の部下って、他は魔族ばかりなんですよね。居心地《いごこち》悪くありませんか？」

「最初はさすがに色々あったが。今は別にどうということもない。同じ歳《とし》くらいの奴も居るし、仲良くやっている」

「……それって、女の子ですか？」

「ん？　ああ、そうだな。女だ。これが気の強くて何でもかんでも噛みついてくる奴でな。

出会ったばかりの頃はしょっちゅう喧嘩《けんか》を売られたよ」

リィドが苦笑していると、レナが少しだけ振り向いてくる。

「出会ったばかりの頃、ということは、今は違《ちが》うんですか？」

「そうだな。少しずつではあるが打ち解けて来て、今もへそ曲がりなところはあるが、前《まえ》程《ほど》じゃない」

「……ふうん」

素っ気無い相槌《あいづち》が、逆に意味深のように思えて、リィドは少し不安にかられた。

「……なんだ。どうかしたのか？」

「いいえ。特には。リィくんには仲の良い女の子が居ていいなぁって、そう思っただけです。わたし、あまり友達《ともだち》いないので」

レナの言葉に疑う余地はない。が、どこか含《ふく》みがあるように勘《かん》ぐってしまう。

「……一応、誤解がないように説明しておくが。別に、恋人《こいびと》関係にあるとか、そういうことではないぞ」

とりあえず否定しておくと、レナは頷いた。

「そうですか。本当にそうだとしても、わたしには関係ないですけど」

平気そうな態度を見せられても、それはそれでリィドにとって宜《よろ》しくはない事態だ。

（まさか本当にオレの恋人だと思ってないだろうな……もしそうなら、ここでしっかり分かってもらわないと不味い。だが前のめりになり過ぎても『あれ、リィくんわたしのこと好きなんでしょうか？　困りましたね。別になんとも思ってませんし。結婚したとは言え距離《きょり》をとりましょうか』などと思われてもどうする。……いやしかし、躊躇《ちゅうちょ》するという選《せん》択肢《たくし》も決して正解であるとは言えない）

ならば、寧ろ一歩前進してみるのも手かもしれない。

そうすることで一層意識してもらえるのではないだろうか。

（……待て、違う。早まるな。古人曰《いわ》く、急《せ》いては事を仕損じる。あくまでもこの考察はオレの主観だ。何の確証もなしに踏《ふ》み込んではいけない）

危ないところだった。冷静に状況《じょうきょう》を分析《ぶんせき》し実行する。四天王筆頭として培《つちか》ったリィドの経験により、最悪の事態は回避《かいひ》できた。

「そうか。確かにお前には関係ないな」

「………。そうですね」

「……今、妙《みょう》な間がなかったか？」

少し、気持ちを整理しているような時間があった気がし、リィドは訊《き》いてみた。

「いいえ？　そんなことはありませんよ。ほら、もうすぐ着きます」

だが上手くはぐらかされてしまい、レナはそのまま小走りになって道を駆《か》け上っていった。

(むう。読めないな……。仕方ない。今は置いておこう)

追及《ついきゅう》したところで良い結果は生まないだろう。そう判断しリィドはレナの背を追った。

「ところで、レナの肩にあった勇者の紋章だが。覚醒が近付くごとに花弁のような部分が増えている、という認識《にんしき》でいいのか?」

そこで、気になっていたことを尋ねると、レナは頷いて、

「はい。最初は蕾《つぼみ》だったんですが、少しずつ花弁が出来ていますね。大体、一年置きくらいでしょうか」

「なるほど。なら、完全に覚醒するのは二年後辺り、ということになるか」

「絶対に一年ということもありませんので前後はすると思いますが、そう考えておおよそ間違《まちが》いはないと思います」

リィドは「そうか」と短く答えて黙《だま》り込んだ。

(どちらにせよ、二年の間に魔王様が事を成さなければ終わり、ということか。勇者の力を抑える必要がなくなれば、もうレナとも共に暮らすことは出来ないだろう。それまでの間に気持ちをオレへ向けさせなければ……)

長いようで短い期限だ、とリィドは改めて気を引き締めた。

「ようこそ、いらっしゃいました。ここが私の家です」

と、その時、レナが足を止める。

リィドが顔を上げると、緩やかな坂を越えた先――麓《ふもと》の全景を見渡《みわた》せるような丘《おか》に、レナの家は建っていた。

「……家？」

が、リィドは立ち止まり、眉《まゆ》を顰《ひそ》めて疑念を呈《てい》す。

家、といえば家なのだろう。屋根もあるし壁《かべ》もある。住居という意味において最低限の条件には達していた。だがはっきり言って、あまりにもボロ過ぎる。屋根は適当な端材《はざい》を無理矢理《むりやり》にくっつけた為か斜《なな》めに傾《かたむ》いているし、壁も薄《うす》過ぎて少し強い風でも吹《ふ》けばそのまま飛ばされてしまいそうだ。

「ふふ。廃墟《はいきょ》みたいですよね。元々それ同然のものを安く借りたので、当たり前なんですが。でも、これでも綺麗《きれい》になった方なんですよ。近くに森があるのでそこから木材を切って持ってきたりして、大分修繕《しゅうぜん》したんです」

「お前が？　そんなこと出来るのか」

「勇者の力に目覚めてから、力が強くなったり足が速くなったりしたので」

そういえば坑道《こうどう》で目にも止まらぬ速さで走っていたな、と思い出す。あれはそういうことだったのか。神の恩恵《おんけい》というやつだろう。

「中は外よりはマシですから。さ、どうぞ」

促《うなが》され、リィドは本当だろうなと疑いつつも入り口の扉《とびら》を開いた。

すると、なるほど、確かに内部はそれなりに整っている。入って正面には大きな机と椅《い》子《す》が二つ。奥《おく》の方には竈《かま》と台所まであった。右手には別室に続く扉があるが恐らく寝室《しんしつ》だろう。外観からは想像出来ない程度には住みやすそうだ。

「ふうん。よく出来てるな。全部お前がやったのか?」

「ええまあ。幸い中はそんなにひどい有様ではなかったので」

「最後の方で聞き逃《のが》せない言葉があったが?」

「ふふふ。気のせいですよ」

穏やかに笑って流したレナだったが、そこで、不意に黙り込んだ。

リィドが首を傾《かし》げると、彼女は薄らと頬を赤くする。

「どうした?」

「いえ。……なんだか、いざ結婚《けっこん》して家に住むってなると、やっぱり照れますね」

「――っ」

ここで改めてそういうことを言うのかこいつは。リィドは衝撃《しょうげき》を受けて半歩退いた。

（やるな。先手としてはこの上なく効果的だ）

努めて泰然《たいぜん》としていようとしても、そんな言葉を聞くと再び心が乱れてしまいそうになる。

（……待て。落ち着け。別に今のはそういうことではない。年頃《としごろ》の女の子だ。いくら相手が幼馴染《おさななじみ》のオレでもそれはそうなる。それだけの話だ）

が、すぐ様客観性を取り戻《もど》し、どうにか自らを律することに成功した。

「ああ。まあ、そうだな。だが結婚といっても偽装《ぎそう》だ。そこまで気負わずにいこう」

上手く乗り切ったと思っていたリィドだったが、レナの反応に内心でぎょっとする。

彼女はなぜか物凄《ものすご》く真《ま》っ直《す》ぐに見つめてきていた。何かを言いたげに。

（……なんだ、この目は。どういう意味の眼差《まなざ》しだ。目は口ほどに物を言いなんて格言あれは嘘だな。少しも分からない）

内心ではいささか動揺《どうよう》しかけたリィドではあるが、表向きは平然と振る舞《ま》う。四天王筆頭として生き抜《ぬ》く中で得た処世術だ。

「……なんだ。これから宜しくな」

「あ。はい！　宜しくお願いします」

レナは何度か瞬《まばた》きを繰《く》り返した後で、一礼した。

なんとなく、自分が無意識的にやっていたことに今気づいた、というような様子だ。

「そうだ。リィくん、喉渇《のどかわ》いていませんか？　わたし、お茶淹《い》れてきますね」

次いで踵《きびす》を返すと、台所まで小走りで駆《か》けていく。先程《さきほど》の反応に少々不審なものは感じたものの、追及するほどでもない。リィドは「悪いな」と声をかけて、大人しく椅子に腰《こし》かけた。

（……さて……いよいよ結婚生活が始まったわけだが。当面の目的はレナが勇者であるとバレないように努めることだ。あいつ曰く必要以上に魔力《まりょく》を使うと、制御できなくて暴走させてしまうということだったから、そういう時にオレのドレインを使って人の目を誤魔化せばいい）

茶を待つ間、沈思《ちんし》黙考《もっこう》してこれからやるべきことを整理していく。

（だがせっかくの機会、どうせなら、それ以外の場面においても魔力を吸収しておきたいところだ。大量の魔力を蓄積《ちくせき》しておけばいずれ魔王様の役にも立つ）

たとえばの話、アスティアが各国と交渉《こうしょう》する際に、魔王に匹敵《ひってき》する程の魔力の持ち主がもう一人いるとすれば、その進度は大きく変わってくるだろう。もしも勇者以上ともなれば効果は計り知れない。

力による外交は本来であれば褒められた話ではないだろうが、今回はレナの力が完全覚醒する前に全《すべ》てを終わらせる必要があった。二年という期限を考えると、手段は選んでいられない。

（短期間で大量の魔力を得る為には【直接吸収】以外の手段も取る必要がある、か……）

リィドのが持つ固有魔術《まじゅつ》【暴食の狼】が効果を発揮するには、主に三つの方法がある。

一つは直接吸収。相手が魔力を発動した際にそれを瞬間的《しゅんかんてき》に取り込むものである。

二つ目が接近吸収。これは魔力の持ち主を近くに置くことで少しずつ吸い取るやり方だ。魔力は発動せずとも目に見えぬほどの少量が体外に流れ出している。魔物は、その排出《はいしゅつ》され流動する魔力の影響《えいきょう》を受けて動物が変化したものだと言われていた。それを頂くというわけである。

ただしこの方法で得られる魔力量はそう多くない。満足する物を手に入れる為にはそれこそ数十年単位の過程を必要とするだろう。つまり、短期的に魔力を溜《た》めるにはあまり適した手法ではない。

最後になるのが、接触《せつしょく》吸収。これは直に相手に触《ふ》れることで魔力を取り込むことが出来る。特別に魔術を使う必要はなく、自動的に発動するので便利とは言えば便利だ。接触している面積が広ければ広いほどに得られる魔力量も多くなる。早い話が手を握《にぎ》るより抱きしめた方が効果的、ということである。

直接吸収は場面が限られ、接近吸収は気長に過ぎる。

となれば接触吸収が一番適しているのだが――。

「きゃっ」

と、つらつら思いあぐねている内に台所で悲鳴が上がる。続いて何か耳障《みみざわ》りな音が次々と鳴り始めた。見れば台所に立つレナの足元に茶を淹れる為のカップが、いや、正確に言えばカップだったものの残骸《ざんがい》が散らばっている。

「また派手に割ったな」

そういえばと記憶《きおく》が蘇《よみがえ》る。レナは昔からこうだった。針仕事をやらせれば迷いなく自分の指を刺《さ》し、料理をさせれば綺麗に真っ黒な炭を作る。人形を作ると世にも悲しい化け物が生まれ、初めて見た夜、リィドはそれに延々追いかけられる夢にうなされた。この家の外観も推《お》して知るべしである。

「大丈夫か？　いいよ。お前は座《すわ》っててくれ。オレがやる」

「……ごめんなさい」

しゅん、として項垂《うなだ》れるレナに苦笑しつつ、リィドは彼女と入れ違いに台所へ入ろうとした。

「あっ――」

だがその瞬間、レナは竈にぶつかって転んだ。リィドはそれを、腕《うで》を出して受け止めようとする。レナは咄嗟《とっさ》に体勢を整えようとしたのか無理矢理に動いたが、それが余計に均整を崩してしまい、妙な姿勢で倒《たお》れこんできた。

「とっ……？」

そのせいで、リィドは彼女を、正面から抱《だ》き止《と》める形になってしまう。

その瞬間、彼女の体がもつ驚くほどの柔《やわ》らかさを感じ、ふわりとした良い匂《にお》いを嗅いだ。

「びっくりしました。ありがとうございます、リィくん」

ほっとしたように息をつくレナだが、リィドにとってはそれどころではなかった。

「……リィくん？」

無言になったリィドをレナが不思議そうに見上げてくる。その瞬間だった。

「――っ！　すまない」

リィドは彼女を立たせると、思わずその場から勢いよく離《はな》れる。

「え、あ、いえ。どうしました？」

「なんでもない。気を付けろよ」

注意しつつも、リィドは、自らを宥《なだ》めるのに精いっぱいだった。

心臓はばくばくと脈打ち、全身が重い風邪《かぜ》を引いたように熱を持っている。

（なんだ……再会した時にも程度の差はあれ、同じようになって飛び退《の》いてしまったが……まさか、さっき抱き止めたからか⁉　たったあれだけのことで⁉　他の女にはこんなことにはならないのに）

相手がレナだからかもしれない。

そういえば、と記憶を辿《たど》ると、彼女と別れる間際《まぎわ》、泣きながら抱きつかれた時にも同じようなことになった覚えがある。

好きであるが故、ちょっとしたことで過敏《かびん》に反応してしまうのだろう。

「くっ……こんなことではとても接触吸収など……やはり計画は見直す必要があるか」

ぼそり、と呟《つぶや》くとレナは眉を顰めた。

「計画ってなんですか？」

「え、ああ。いや。オレのドレインを使ってのことでな……」

リィドは先ほどまで考えていたことをレナに話す。

「ふむ。確かにリィくんがわたしの魔力で強くなれば、魔王《まおう》さんの役には立ちますね」

「ああ。だが、いちいちお前に魔力を発動させるわけにもいかない」

「どうしてです？　やれと言われればやりますよ。魔王さんの交渉が上手くいけばわたしだって助かりますから」

「それはそうだが、お前、魔力の制御が出来ないことがあるんだろう。色々試《ため》して分かったことだが、直接吸収では一回に取り込める量に限界があるんだ。もし暴走して、オレが一度で吸収しきれない量が放出されれば取り返しがつかないことになる」

限界を迎えた後、再び吸い取ろうとするには、ある程度の時間を置く必要があった。恐らくは取り込んだ他人の魔力を自分の物へと変換《へんかん》する為の処置なのだろう。

吸収する量が多ければ多いほど、待機する時間も長くなる仕様となっていた。

「なるほど。確かにそうですね。接触吸収なら大丈夫なんですか？」

「接触吸収の限界量は直接吸収よりは遥《はる》かに多い。ただし、取り込むまでに時間がかかるんだ。その間は触れ続けなくてはならない」

直接吸収は一瞬《いっしゅん》で取り込める為に事後処理がかかる。接触吸収は長い代わりに量も多い。そういう一長一短があった。ちなみに接近吸収に限界はないが、そもそもの吸い取る量自体が少ない為に、持続的な効果はともかく今は選択肢に入れない方がいい。

「……つまり、接触吸収の間は魔力を溜めている間、ずっとくっついていなければいけない、ということですか」

「まあ、そういうことだな」

つまり、相手がレナである以上、自分には不可能に近い。少し抱きつかれただけであ
なってしまうのだから、十分な魔力を得るまでなど、耐えきれるはずもなかった。

「分かりました。では、やりましょう」

が、そこで予想外のことを告げられ、リィドは固まる。

「リィくんは魔王さんの為に魔力を溜める必要があるんですよね。わたしも自分の為に魔
力を溜めてもらった方がいい。躊躇するところはないのでは？」

確かに、そうだ。しかし果たして自分が口にしていることの意味を、レナは理解してい
るのだろうか。

「……お前、説明聞いていたか？　接触吸収は触れている面積が多い方が吸収量も多い。

ということは、オレとずっと抱き締《し》め合わなければいけないと、そういうことだぞ」

「ええ、分かっていますよ？　でもわたしとリィくんの利益の為。この結婚の意味が発揮
される瞬間《しゅんかん》じゃないですか」

あくまでも自然な素振《そぶ》りでそう提案されると、リィドには反論の余地もない。

「それは、そうだが……恥《は》ずかしくはないのか、お前」

「え？　ええ、もちろん、その程度は、なんでもありませんから」

胸に手を当てて、微笑《ほほえ》みながら言うレナ。

（なんでもない……オレと抱き締め合うのはなんでもない……そうか。なんとも思ってない奴とでも自分の目的の為に我慢《がまん》すると、そういうことなのか）

分かっていたことだ。分かっていたことだが――受け入れ難《がた》いことがあるのもまた、事実だった。リィドは額に手を当てて嘆きながら、改めてレナを見る。

「……分かった。お前がそう言うなら……やろう」

「はい。ではリィくん、そこの椅子に座って下さい」

「ん？　椅子に、か？」

なぜそんなことを、と思いつつリィドはレナに言われるまま、近くの椅子に腰かけた。

「これでいいのか？」

「はい。完璧《かんぺき》です」

レナは頷《うなず》くと、少し歩いて、リィドの前に立つ。

幼馴染を正面から捉《とら》えるに至り、リィドは改めて思った。

（……本当に綺麗になったな、こいつ）

幼い頃の愛らしさは残っているものの、今ではそこに、大人びた美しさが同居している。

佇《たたず》むだけで一枚の絵画が完成しそうなほど、ある種の現実離《ばな》れした魅力すらあった。

（いや。意識はするな。……絶対にダメだ）

見れば見るほどに、落ち着かない気持ちになってくる。

ここはある程度、無心にならなければ、実行すら出来ない。

「ではいきますね。……失礼します」

と、そこでレナは呟くなり、背を向けて来た。

同時に――「えい」と短く告げて、リィドの膝《ひざ》に乗っかる。

「っ……お、おい？」

一瞬、動揺しかけたもののどうにか平静を保ち、リィドがどういうつもりだと問いかけると、レナは前を向いたままで答えた。

「このまま、後ろから抱きしめて下さい」

「……。なるほどな」

幼馴染の行動の意図が読めず戸惑《とまど》いを覚えたが、リィドはすぐに悟る。

（さすがに正面から抱きしめられるのには抵抗《ていこう》感があるものの、この状態なら受け入れられる、ということか）

逆を言えばこういう格好でなければ抱き締められたくない、ということにもなってしまうが――恋人同士でもない以上、無理もないことだ。

（今の関係上はこれが自然。それに……オレとしても、助かった）

初手から正面きってやるよりは、遥かに緊張《きんちょう》しない。やや情けなくはあるものの、無理はすまいと己《おのれ》に言い聞かせ、リィドは頷いた。

「よし。……やるぞ」

深く呼吸を繰り返し、ゆっくりと両手を広げた。

覚悟を決め、レナの腰に手を回すと、そっと引き寄せる。

彼女《かのじょ》はされるがまま、リィドの胸に背を預けて来た。

その瞬間——己の身が激しく強張《こわば》るのを感じる。

だが、ぐっと力を入れるとそれも次第《しだい》に落ち着いていった。

（……なんだ。思っていたよりは大丈夫だな。この調子なら……）

とリィドが安堵《あんど》して、ふとレナの顔を見た、その時。

背中越しでもやはり、照れはあるのだろう——垣間見《かいまみ》える彼女の頬《ほお》が、仄《ほの》かに赤く染まっているのが分かった。

「うっ……！」

直後、心臓がひと際高く鳴る。そのまま、爆発《ばくはつ》するのかと思う程に激しい鼓動《こどう》を始めた。

（こ……これ、レナに伝わっていないだろうな。伝わるなよ……？）

誰《だれ》に対して命じているか分からないことを胸中で呟きながら、リィドはしばらくの間、レナを後ろから抱きしめ続けた。

（だが、まさか……レナを背中越《こ》しとは言え、こうやって抱き締められる日がくるとはな。

魔王軍に入って、魔王様の下で働いていて、本当に良かった）

動揺しつつも喜びを噛《か》み締めていたリィドだったが、徐々《じょじょ》に、限界は近付いてくる。

全身の血液が沸騰《ふっとう》したかのように熱くなり、まともな思考が出来なくなってきた。

幸せ過ぎる状況に、嬉《うれ》しさと照れくささと恥ずかしさが相まって、脳に過剰負荷《かじょうふか》がかかってしまっている。

（くっ……いかん。このままでは倒れる……！）

リィドは名残惜《なごりお》しい想《おも》いを抱きながらも、強引《ごういん》にレナを放した。

これ以上続けていたら、気を失ってしまうかもしれなかった。

「きょ……今日は、こんなところだろう」

急ぎ気持ちを鎮《しず》めながら言うと、レナは立ち上がった。

リィドの方へと振り向くと、胸に手を当て、小さく息をつく。

「ええ、そうですね。どうですか。魔力は溜まりましたか？」

リィドと違って、彼女の方は平然として見える。

最初こそ羞恥《しゅうち》を覚えたものの、幼馴染という関係上、この程度は特にどうということもない、ということだろうか。

それはつまり異性としては意識されていないということで、リィドとしてはいささか落胆《らくたん》する事実ではあった。

「ああ。座った状態で背面からということで、密着度は少ないが、それなりにはな」

それでも表向きは何でもないように答え、リィドは自身の内側に意識を集中した。

二つある『器』の内、片方に少量の魔力が入っているのが分かる。

魔導士《まどうし》は、自らの魔力が体内のある場所に蓄積されているのを感じることが出来た。実際に臓器としてあるわけではなく、あくまでも感覚的なものでしかないが――それは通称《つうしょう》として『器』と呼ばれている。

体の内部で生成された魔力が、ちょうど、硝子瓶《ガラスびん》のような容器に注がれていくような図を想像するのが分かりやすい。人によって瓶の大きさは違い、魔力を注ぐことのできる量も変わり、溢《あふ》れた分はそのまま消えてしまう。

器が大きければ大きいほど魔力も多く溜まり、扱《あつか》う魔術の力も比例して強くなっていくのだが――リィドは生まれついて、それを二つ持っていた。

自分の器と、他人の魔力を溜め込《こ》む器だ。

今はその、後者の方にレナから吸い取った魔力が溜まっている状態だった。

ちなみに――魔力自体はどれだけ吸い取られても時間をかければ再び溜まるため、リィドのドレインによってそれ自体が完全に枯渇《こかつ》することはない。

「それなりですか。結構長い間やりましたけど、そんなものなんですね」

「ああ。この状態でも、仮に一日中やれば、そこそこの量にはなるだろうが」

「なるほど。分かりました。……うん」

レナは頷いて、俯《うつむ》き――次に顔を上げた時、とんでもないことを言い放った。

「では、もう一回くらい、やりましょうか」

「……は？」

「日常的にやる分には接触吸収しかないのなら、もっとやらないとダメですよね？」

可憐《かれん》な笑《え》みを浮《う》かべて、小鳥のように首を傾げるレナ。リィドは背筋を冷《ひ》や汗《あせ》が幾《いく》つも伝うのを感じた。

「……言いたいことは分かるが、今日はこの辺にしておかないか」

本来であれば望むところではあるし、リィドとしてもやりたい気持ちはあった。

しかし少しずつ慣れていくならともかく、連続してあんなことをやっては、さすがに耐えきれる自信がない。

「でも、リィくんは魔王さんの為に、魔力を蓄積する必要があるんですよね？　なら、なるべく接触する回数を多くした方がいいと思うんです」

正論だ。まごうかたなき、正論である。

「それは、そうだが……お前、嫌《いや》じゃないのか？」

いくら昔からの付き合いとは言え、好きでもない相手に繰り返し抱き締められるという行為《こうい》には、抵抗がある気がした。少なくとも、リィドであればそうだ。

「うーん……そうですね」

レナは唇《くちびる》に指先を当てながら、考えこむように唸《うな》った後。

邪気《じゃき》の無い笑顔《えがお》で、はっきりと答えた。

「リィくんが相手なら、構いませんよ」

形を持たないはずの言葉は、しかし、的確にリィドに強烈《きょうれつ》な衝撃を与える。

（オレ相手なら大丈夫《だいじょうぶ》――だと……!?）

それが意味するところなど、一つしかないのではないだろうか。

（どういうことだ、レナも抱きしめられてまんざらでもなくなっていると……そういうことか。それとも、そんなに早くこの生活から解放されたいのか。どっちなんだ……!?）

リィドが判断つかず、レナの表情を観察した。しかし、心の内のわずかですら、そこからは読み取れない。

（……成長したな、レナ。四天王筆頭であるオレの目ですら見抜《みぬ》けないほど、己の心を御《ぎょ》する術を会得《えとく》したとは）

かつては大人しく、気が弱くてすぐ泣いていたあの少女が。妙に感慨深《かんがいぶか》くなってしまい、リィドは微《かす》かに笑みを浮かべた。

「どうしたんですか？　リィくん。何か面白《おもしろ》いこと、ありました？」

「……いや。なんでもない」

相手がそう来るのであれば、こちらも負けてはいられない。魔王直属としての矜持《きょうじ》を以《もっ》てして、果敢《かかん》に立ち向かってみせる。

（いいだろう……決して胸中を悟《さと》られず、お前を抱きしめてみせる……！）

強い覚悟の下、リィドは頷いた。

「分かった。なら、もう一度《いちど》だ」

「……はい。お願いします」

答えたレナは、近付いてくると、背を向けて来る。

そうして――リィドは、再び、膝の上に乗った彼女を後ろから抱きしめるのだった。

どれほど、時が経《た》っただろうか。

実質的には数分程度であったはずだ。

しかし——レナにとってそれは、永遠にも等しい流れであった。

「……うん。こんなところだな」

囁《ささや》くように言って、リィドが抱きしめていた手を放す。

前を向いたレナからは、表情の変化を見ることが出来ない。

「そう、ですね。さすがにわたしも、あんまりやると照れてしまいます」

くすり、と笑いながらそう答え、レナはリィドの膝から下りた。

「ああ。じゃあ、そろそろ夕飯でも作るか」

「あ、わたし、やりますよ？」

「いや、オレに任せておけ。お前は机に座って待ってればいい」

動こうとしたレナを制して、リィドは台所に入った。

「そうですか？　では、お言葉に甘《あま》えます。そこが倉庫で、食材が入っています。調理器具は上の棚《たな》です」

レナの指示に「了解《りようかい》」と返事を寄越《よこ》すと、リィドは軽く指を鳴らした。

途端《とたん》に、竈に火が灯《とも》る。ある程度であれば、相性《あいしよう》とは関係なく各属性の魔術を使うことが出来る。レナも知っていることだった。

リィドが台所で料理の材料を用意するような物音を聞きながら、レナは椅子に腰かける。

ここからでは、リィドの姿を見ることは出来ない。が、逆を言えば、彼《かれ》からもレナの姿は見えないということだ。

(だから、大丈夫……ですよね？)

自身に確認《かくにん》をとったところで——レナは、そのまま机に突《つ》っ伏《ぷ》す。

(は……はああああああああああ、き、緊張したぁ……！)

後少し、ほんの少しリィドが体を放すのが遅《おく》れれば、卒倒《そっとう》してしまうところだった。

(うう……まだドキドキしています。一回目の時、つい顔が赤くなってしまった気はしますが、背中を向けていたしバレてはいませんよね？)

羞恥と喜びと嬉しさと居た堪《たま》れなさの狭間《はざま》を交互《こうご》に行き交《か》い、己を見失いそうになるのを必死で堪《こら》えながら、抱き締められていたのだ。

本音を言えば、二回目を言い出した時も、躊躇《ためら》いはあった。

あんなことをもう一度やって、平静さを保つことが果たして出来るだろうかと。

しかしそれでも、レナは提案した。

偽装という前提ではあるが、念願叶《かな》って、想い人と結ばれたのだ。

もっとリィドとくっついていたい。昔と違ってがっしりとした体を、そこから伝わる温かさを、もっとずっと感じていたい。

その衝動が、自分の背を押《お》した。

（さ、さすがに向き合って、というのは恥ずかし過ぎてダメでしたが……リィくんの膝に乗った上、後ろから抱き締めてもらいました。しかも二回も。こんなことがあるなんて、信じられないです。勇者になんてなりたくなかったけど……今は感謝したいです）

レナは横を向き、机に頬をつけたままで、熱を帯びた息をつく。

（抱き締められて、改めて分かりました。わたし、やっぱり、リィくんが好きです。世界中の誰よりも。すぐにでも、そう言いたい。言ってしまいたい）

だが、今はダメだ。我慢の時だ。そう、自分に言い聞かせる。

来たるべき機会の為《ため》に、たとえ脆《もろ》く崩《くず》れやすいものだとしても、仮面を被らなくてはならないのだ。

（その為にも、頑張《がんば》らないと。目指すべきはリィくんが好きな大人の女性。慎《つつし》みがあって、思慮《しりよ》深《ぶか》く、どんなことにも動じない。そんな理想を体現するんです……！）

そう、レナが決意を固めているると、

「……なにしてるんだ。簡単なものだが、そろそろ夕食が出来るぞ」

訝《いぶか》しむようなリィドの声に、急いで取り繕《つくろ》い、レナは顔を上げた。

「はい。楽しみですね」

彼にいつも見せる、涼《すず》やかな笑みと共に。


「………」

闇《やみ》、とは、真の暗黒ではない。

一色で塗《ぬ》り潰《つぶ》された景色も、時と共に目が慣れるとその輪郭《りんかく》を感じ取ることが出来るようになるのだ。

そんなことを、ベッドに仰向《あおむ》けになったまま、リィドは考えていた。

正確に言えば、そう考えてしまうほどに、時間を持て余していた。

何故《なぜ》なら、全く眠《ねむ》ることが出来なかったからだ。

その理由は明白だった。

「……くぅ……」

耳が捉える、微かな寝息《ねいき》。それはすぐ近くから聞こえてくる。

「ん……」

微かに身じろぐ度にその体が触れ、リィドは声が出そうになった。

(眠れるはずがない……)

すぐ隣《となり》だ。手を伸《の》ばせば、簡単に触れられる位置に。

誰よりも愛する女性が――寝《ね》ているのだから。

リィドはわずかに視線を、右へとやった。

そこにはレナが横たわり、寝顔《ねがお》をさらしている。

普段《ふだん》と違《ちが》う無防備なそれはまた違った愛らしさを演出しており、リィドはつい見惚《みと》れてしまった。

(……ずっと見ていたいところだが)

が、いつまでもそうしていて、目を覚まされでもすれば言い訳が出来ない。

リィドは己の欲求に抗《あらが》い、再び天井《てんじょう》を向いた。

(抱き締めるだけじゃなく、こんなことにもなるとは……夫婦《ふうふ》とは凄《すご》いものだな)

リィドは噛み締めつつ、数時間前のレナとのやりとりを思い出す。

「……一緒《いっしょ》に寝る?」

夕食を終え、しばらくレナと雑談を交わしていたリィドは、唐突《とうとつ》に出た彼女の言葉を鸚《おう》鵡返《むがえ》しに呟いた。

「はい。そろそろ夜も更《ふ》けましたし」

「いや、寝るのは構わないが、なぜ一緒に……?」

「うち、ベッドは一つしかないんです。広いからリィくんと並べますよ?」

だからなんの問題もないだろう、というようなレナに、リィドは額に手を当てた。

(いや、そういうことではなく……!)

自分が何を言っているか、彼女は本当に理解しているのだろうか。

「その……いくら幼馴染とは言え、異性とベッドを共にするというのは、いかがなものだろうな。なんというか、倫理的《りんりてき》に」

魔王直属の配下が吐《は》いて良い台詞《せりふ》ではない気もするが、ひとまずは言っておいた。

「そうですか? え、と……リィくんは、わたしと寝るの、気が進みません?」

「そっ——ああ、いや」

そんなわけないだろう、と叫《さけ》び出しそうになり、リィドは慌《あわ》てて抑《おさ》えた。

(レナと一緒のベッドに入るなど、正直、至上の幸福ではある。しかし、今日結婚したばかりで、そこまで行っていいのか。積極的になってもいいのか。彼女がどういうつもりで口にしているかで変わってくる)

高速でそこまで思考した後、リィドは静かに問う。

「それは……文字通りの意味でいいんだな?」

「え?」

「だから、一緒に寝るというのは……その。そういうことなのか？」

「そういうこととは、どういうことですか？」

「それはその……」

分からない。知っていてとぼけているのか、それとも本当に理解出来ないのか。

レナの場合は、どちらでもありえた。

（落ち着け。レナは現状、オレのことを幼馴染以上には見ていない。だから純粋《じゅんすい》に、何の含《ふく》みも無く、ベッドで一緒に寝ようと言っているだけだ。そうに違いない）

冷静に分析《ぶんせき》し、その上で、リィドは首を横に振《ふ》る。

「なんでもない。だがいくら広くても二人で寝ると窮屈《きゅうくつ》だろう。オレは椅子を並べて寝る」

「ダメですよ、そんなの。健康に良くありません。……それに、隣《とな》り合って寝れば自然とくっつきますし、魔力の吸収にもなりますよ？」

「…………。確かに、そうだな」

自らの立場上、そう言われてしまうと、返す言葉もない。

（それに……レナと距離《きょり》を近づけるという意味では相当に効果のある方法だ）

建前は完全に出来上がっている、ということだ。

（なら……問題はないか。まったく、なんの不備もないのか）

何度も確認した結果、リィドはその結果に行き着いた。

(オレは堂々と――レナと一緒に寝られるのか……⁉)

ならば、拒絶《きょぜつ》する理由など、どこにもない。

「ああ。なら……ベッドに行こう」

喉《のど》が突っかえそうになりながらも、リィドはなんとかそう答えて。

その日の夜は、レナと並んで床《とこ》に就《つ》くことになったのだが――。

(これがこれから毎晩続くとなると、果たしてオレの精神は持つのか……?)

いつかどこかで壊《こわ》れてしまいそうな気がする。興奮から来る動悸《どうき》の加速によって。

「んん……リィくん……」

突然《とつぜん》、名を呼ばれて、つい「なんだ⁉」と答えそうになった。

が、振り向くとレナは依然《いぜん》として目を瞑《つぶ》り、夢の世界にいる。

寝言《ねごと》だと気付いて、安堵の息をついた。

しかし、ふと視線を落とすとそこには、レナの胸元《むなもと》があり――大きくはないがしっかりと主張をする二つの膨《ふく》らみ、その谷間がはっきりと見えている。

「……っ」

急速に体温が上がりリィドは左を向いた。四天王筆頭と呼ばれていても年頃の男である。

こんな状況《じようきよう》で平然としていられるわけもない。

（……逆にレナはよく眠れているな）

やはり、自分のことなどなんとも思っていないということなのだろうか。好き嫌《きら》い以前に異性としてすら見られていないのでは。

そんな不安にかられて、リィドは再びレナの方へと体を向けた。

と、そこで、あることに気付く。

彼女の頬が、薄《うす》らと赤みを帯びているのだ。まるで熱に浮かされているかのように。

「……風邪か？」

そんな様子はなかったが、とリィドはレナの状態を確かめる。

しかし、いかんせん、外側からだけでは判別できなかった。

（仕方ない……少しだけ）

リィドは体を起こすと、ゆっくり手を伸ばした。

そのまま、レナの額に触れる。滑《なめ》らかな肌《はだ》を指先が伝い、彼女の体温が伝わってくる。

ただ、風邪特有の熱の高さは感じなかった。

（ふむ。問題はなさそうだが……気温のせいというわけでもないだろうし……）

原因を考えていると、不意に、

「リィくん……？　なにしてるんですか？」

レナが薄らと目を開けて、寝ぼけたような声で訊《き》いてきた。

「あっ……い、いや。別にこれは、なんでもない。顔が赤いようだったから、熱でもあるのかと思ってな」

即座《そくざ》に手を放すと、笑って誤魔化《ごまか》す。

「あ、そうでしたか。すみません。心配して頂いて。でも、平気ですから」

「あ、ああ。そのようだ。じゃあな、おやすみ」

「はい。おやすみなさい」

欠伸《あくび》を噛み殺しながら、レナは再び目を閉じる。

間もなく寝息を立て始めた彼女に苦笑《くしょう》し、リィドもまた、半ば無理矢理《むりやり》に眠ることにした。

（ええ。えええ。ええええええ！　び、びっくりしました。本当にびっくりしました！）

リィドに背を向けながら、レナはうるさく鳴り続ける鼓動を必死で抑えつけようとする。

しかし一向に大人しくなる気配はなかった。

（自分で言っておいてなんですけど、予想以上に落ち着かなくて、リィくんに気付かれな

いよう寝たふりをしていたのに……！　い、いきなりあんなことしてくるなんて）

抱き締め合ったことに比べれば、何でもないことだ。

しかし、想い人とベッドを共にするという行為の最中ということを踏《ふ》まえると、その効果は倍増だった。

（うー。リィくん、やっぱり昔と同じで優《やさ》しい。ぶっきらぼうだけど、こっちの変化とかにすぐ気づいてくれて、さりげなく対応してくれたりとか……）

ほてる顔は、中々冷めてくれそうにない。

（……あれ。でも、どうしてリィくんも起きていたんでしょう。ベッドに入ってから結構経っているはずですけど……）

ちらり、とリィドの方を見る。彼は目を閉じ、全く乱れの無い姿勢を保っていた。

眠っているようにも思えるし、自分と同じようにそう見せかけているようでもある。

（もしかして、リィくんもわたしとベッドに入ったせいで、眠れないとか……）

仮にそうなら、異性として意識されているということだ。

一緒に寝よう、と言った時、あまりにあっさりと受け入れられた為に、やはり偽《ぎ》装《そう》以上の感情は抱かれていないのだろうと思っていたのだが。

（可能性、あるのかな。……なら、明日からもっと、色々やってみようかな）

もどかしい想いを抱きながらも、一歩、前進したような気がして。

レナは密《ひそ》かに拳《こぶし》を握《にぎ》り、決意するのだった。


「リィくん、わたしと一緒に街まで買い物にいきませんか？」

翌日。結局、わずかにしか眠れなかったものの——どうにか朝を迎《むか》えることができたリイドに、朝食の後、レナがそう訊いてきた。

「買い物？　なにを？」

「ほら、この家、元々はわたしの独り暮らしだったじゃないですか。一応お皿とか、割れた時用に予備は買ってありましたが、これからリィくんと暮らすなら、リィくん用のやつとかも用意したいですし」

なるほど、とリィドは頷いた。現状、それほど不便は感じていないが、あって困るものでもない。

「それに——わたし、もし何かあって魔力《まりょく》の暴走が始まればって思うと、街でゆっくりお買い物とか出来なかったんです。でも、リィくんがいれば大丈夫ですよね。色々と他にも見て回りたいなって」

「……それは……」

答えながらリィドの胸中にはあることが浮かんでいた。

（それはつまり、レナと一緒に買い物デートをするということか？）

共に街を歩きながら生活に必要なものを購入《こうにゅう》する。まさに夫婦。結婚《けっこん》した間柄《あいだがら》でなければありえない状況だった。

（そんなもの……やりたいに決まっている……！）

夢のような展開を妄想《もうそう》し、じっくりと噛み締める。

「……あの、リィくん？　どうしました？」

が、レナが気遣《きづか》うような口調で言ってくるのに、我に返った。

「ああ。いや。そうだな。お前の言う通りだ。じゃあ、街に下りるか」

「……ええ、ありがとうございます、リィくん！」

花開いたかのような笑顔を見せるレナに、リィドはこちらこそと胸中で呟いた。

買い物自体は山の麓《ふもと》にある小さな街でも済みそうだったが、どうせなら大きなところに行きたいというレナの希望を叶えて、乗合馬車を捕《つか》まえ首都へと赴《おもむ》いた。

「さて、まずは食器ですね。リィくんの好きなものを選んでください」

大通りを真《ま》っ直《す》ぐと歩き始めながら、レナが言う。

「いやオレはそういうのが分からんからお前に任せたいんだが」

同道しながらリィドが言うと、レナは「ダメですよ」と眉間《みけん》に皺《しわ》を寄せた。

「人に選ばせると後ほど悔《く》いることも多いんです。こういうのは物がどうであれ、自分で手に取ったということが大事なんですから」

「そういうものか？」

「ええ、そうです。それに……わたし達《たち》、夫婦なんですから。新婚《しんこん》生活の為に必要な品を一緒に選んでいる方が、自然ではないですか？」

「……まあ、それもそうだな」

納得《なっとく》した素振りで頷き――リィドは急いで顔を背《そむ》けて、胸の辺りを掴《つか》んだ。

（新婚生活……くっ、自分でも驚《おどろ》くほどに心に響《ひび》く言葉だ……！）

そう、自分はレナと結婚したのだと、改めて認識《にんしき》してしまう。

ただそれだけの事実が、脳内を幸福感で満たしていった。

にやけた顔になってしまうのを抑えるのが大変だ、とリィドは口元を手で隠《かく》す。

「相談しながら、色々見ていきましょう」

にこにことしながら隣に寄りそうレナに、リィドは「ああ」と短く答える。素っ気無く見えたかもしれないが、今の状態では精一杯《せいいっぱい》の返しだった。

そう、これだ。これこそが自分の求めていたものなのだ。

(魔王様《まおう》。オレは、あなたに一生ついていきます……!)

遠く彼方《かなた》の空の下、魔王城に座する主君へと、リィドは深い祈《いの》りをささげた。

「……あの、リィくん? お願いがあるんですけど」

と、そこで沈黙《ちんもく》していたレナが、唐突に口を開いた。

「ん。なんだ?」

急いで表情を普段通りに取り繕ってレナの方を振り向くと、

「出来たらでいいんですけどね。ええと……」

彼女は視線をわずかにリィドの方に向けながら、告げてくる。

「――手を、繋《つな》ぎませんか?」

「え? 手?」

現状を堪能《たんのう》していたリィドは、思いも寄らぬことを言われてやや面食らう。

「はい。ほら……わたし達、夫婦なんですよね。でしたら、少しでもそれっぽいことをしないと、周囲から怪《あや》しまれてしまいます」

「……ああ。確かにそうだな。うん」

尤《もっと》もだ。新婚を装うのであれば、余計にそうするべきだろう。

リィドは気づかれないように喉を鳴らした。理屈《りくつ》としては分かっているものの、やはり、気軽にはいかない。だが、

（いや……ダメだ。こういう時こそ何気なくやらないと）

そう考え直し、すっと手を差し出した。レナは笑みと共にそれを握る。

繋がり合った瞬間、彼女の存在を確かに感じた。更《さら》に、

「……ふふ。それでは、行きましょうか、旦那様《だんなさま》」

不意打ち気味にそう呼ばれ、リィドは堪らなくなって再び目を逸《そ》らした。

（最高か……ッ！）

昨日からずっとこの調子だ。レナと夫婦になったのだという実感が、高まり続けていくのを感じる。

ただ街を歩く、というだけの行為が、好きな人と手を繋いでいるというだけで何倍にも愛《いと》おしく思えた。

魔王軍四天王筆頭としての殺伐《さつばつ》とした日々が、まるで嘘《うそ》のようだ。

世界はこんなにも輝《かがや》いていただろうかと、半ば本気で思ってしまった。

レナの様子をそれとなく確かめたが、彼女の内心は、ようとして知れない。

それでも、リィドは満たされた気持ちに包まれていた。

この時間がずっと続けばいい。

己の目的を一時忘れ、そう、思ってしまう程《ほど》に。

（……やりました。大成功ですね！）

レナはリィドの武骨とも言える手をしっかりと握りながら、踊《おど》りたくなるような気持ちを必死で抑えていた。

一緒に街に行き、買い物をする。その時に、手を結ぶ。

全《すべ》てが実行できた。思い切ってやった自分を褒《ほ》めてやりたくなる。

恥《は》ずかしさはある。だが躊躇《ちゅうちょ》などしていられなかった。

（勇者として完全覚醒《かくせい》するまで、多分、あと二年くらい。なら、大人しくしていたって意味はありません。大胆《だいたん》でもいいから、どんどんやって、リィくんに好きになってもらわないと）

垣間見えたリィドの横顔からは、彼の胸中は読み取れない。

だが、それでもどこか機嫌《きげん》が良さそうに思えるのは、気のせいでないと思いたかった。

（……でも、不思議です。ただ手をつないで歩いているだけなのに）

何度も来ているはずの街が、まるで違って見えた。全てが新鮮《しんせん》で、目に映るもの全てが素晴《すば》らしく、愛おしく思える。

ふと視線を傾《かたむ》ければ、そこに居るのはリィド。自分がずっと焦《こ》がれ、再会したいと願っていた相手。

両親を亡《な》くして以来、孤独《こどく》の中に居たレナは、幸せというものを感じたことはなかった。

しかし今、これがそうなのだと、間違《まちが》いなく確信できる。

繋いだ手からリィドの体温を感じる度、つい嬉しくなって歌でも口ずさみたくなる想いを堪えるのが大変だった。

胸は先ほどからドキドキと高鳴り続けているが、それもまたリィドと共に居るからだと思うと、むしろ心地《ここち》よさを覚える。

通りすがる街の住人から目を向けられる度、レナは大声で言いたい気持ちに駆《か》られた。

(わたしはリィくんの奥《おく》さんで、リィくんはわたしの旦那《だんな》さんなんです)

あくまでも表向きの関係。そんなことは分かっている。

だが、今のこの瞬間《しゅんかん》だけは、そのことに何よりも浸《ひた》っていたかった。

照れくさくて、でも、何よりも愛おしくて。

いつかこの状況が、本物になればいいのに。

(リィくんとずっと二人で、暮らしていければいいのに……)

平気そうな振りをしながら。

レナは、心から願って止《や》まなかった。

「……ナ……」

これから何をしよう。どこへ行こう。そんな、些細《ささい》なことを考えているだけでも、笑みがこぼれそうになった。

「レ……」

先のことを想像し過ぎて、そのことだけで頭の中が一杯《いっぱい》になってしまい、

「……レナ！」

「はい!?」

リィドから呼びかけられていることに、レナは気付くことが出来なかった。

急いで視線を向けると、リィドは訝しむような顔を向けてきている。

「さっきからどうした。妙《みょう》に浮かれているように見えたが」

「え……そんなことはありませんよ？　いつも通りです」

「……そうか？　その、なんていうか、お前も……」

「お前も？　なんでしょう？」

「……。いや、なんでもない」

誤魔化すように咳払《せきばら》いするリィド。非常に気になる態度だった。

「どうしたんですか。なにかあるなら、ちゃんと言って下さい」

少し距離を詰《つ》めると、リィドはわずかに頬《ほお》を赤らめて、すぐに首を横に振る。

「別になにもない。それより、そろそろどこかの店に入らないか」

「あ……そういえば、そうですね」

リィドと手を繋いで歩いているという状況が嬉し過ぎて、つい、本来の目的を忘れていた。レナは急いで視線を巡《めぐ》らせて、一軒《いっけん》の店に目を止める。大き目の建物で、雑貨や家具などを取り扱っている。以前、一人暮らしをする際に必要な食器などを買い求めたことがあった。

「あそこにしませんか。品揃《しなぞろ》えも良いですし」

「ああ。オレはこの街を良く知らないからな。お前が言うならそうしよう」

頷《うなず》くリィドに笑いかけて、レナは彼と共に店へと向かった。

扉《とびら》を開けると備え付けの鐘《かね》が鳴り、奥にあるカウンターに座していた店主が顔を上げる。

「いらっしゃい。……もしかして新婚さんかい？」

「え。あ、はい、そうです。あの、よく分かりましたね」

レナが驚いて問うと、店主の男はからかうような笑みを浮かべた。

「そりゃ、仲良さそうに手を繋いでうちの店に入ってくりゃ、そう思うさ」

「……そうですか。リィくん、そうらしいですよ」

顔が熱くなるのを隠す為、わずかに顔を背けながら言うと、リィドは小さく答える。

「ああ。まあ……夫婦だからな」

「……そうですね。夫婦ですから」

レナもまた俯いてか細く返すと、店主は肩《かた》を竦《すく》めた。

「初々《ういうい》し過ぎて当てられるね。まあ、うちは新婚さん向けの食器なんかも扱っているから、ゆっくり見ていってよ」

「ああ、助かる。レナ、向こうに行ってみよう」

リィドはレナの手を引っ張ると、店の端《はし》の方へと進んでいく。確かにそちらには食器類などが置いてあったが——どこか照れくさくなって店主の視線から逃《のが》れようとしていると思うのは、都合の良い解釈《かいしゃく》だろうか。

（……意識してくれているんだったら、いいな）

きっかけを作ってくれた店主に感謝しつつ、レナはリィドについていった。

「ふうん。色々あるものだな」

リィドが色取り取りの、種類豊富な食器の群れを前に腕《うで》を組んだ。

「どれにします？　リィくんが選んでください」

「ん。いや、だがお前も使うものだろう。レナの方こそどれがいいんだ」

「わたしは……どれでもいいですよ」

リィドが選んでくれた、という事実があれば、それだけで全て一級品だった。

「しかしオレはこの手の物を自分で選んだことがないからな。とんでもなく変なものを買うと後々に後悔《こうかい》するぞ」

「そんなもの、ここにはありませんよ」

くすり、と笑みを零《こぼ》すとリィドは頬を掻《か》き、

「いや、まあ、それはそうなんだが……なんだ。……オレ達は夫婦なんだろ。だったら、一緒にあれこれ言い合いながら選んだ方が自然じゃないか」

最後の方だけ小声になりながら、言ってきた。不意打ちにどきりとさせられながらも、レナは急いで呼吸を整え、首肯《しゅこう》する。

「そうですね。では……これなんか、どうでしょう」

野花の絵が描《えが》かれた一枚を手に取ると、リィドは「いいな」とすぐに賛成してくれた。

「素朴《そぼく》だが可憐さもある。まるでレ……」

「レ？」

「……レニエンタという、昔に居た劇役者を思い出す」

「そんな人、いたんですか。聞いたことありませんが」

「ああ。いたんだ。まあ、あまり知られていないからな」

平然と嘯《うそぶ》くリィドに、レナは「そうですか」と納得した素振《そぶ》りを見せつつも、内心では激しく動揺《どうよう》していた。

（い、今、『まるでレナみたい』って言いそうになってませんでしたか？　素朴だけど可《か》憐《れん》って、わたしのことをそう思ってくれているんですか？）

不味《まず》い、と焦《あせ》る。どんどんと体温が上がってきているのを感じていた。このままでは冷静さを保てなくなるかもしれない。

（うう。たった一言なのにこうなるんですか？　たとえ他の人に言われても、ここまでにはならないのに……リィくん、すごいです……）

謎《なぞ》の衝撃《しょうげき》を味わいつつ、レナがなんとか自身を宥《なだ》めようとしていたその時だった。

「あら！　もしかして、レナちゃんかい？」

背後から声が聞こえ、振り返ると、そこには見覚えのある人物が立っていた。

ふくよかな体をした壮年《そうねん》の女性だ。

「あ……バーバラさん。お久しぶりです」

「あらあら。そうね、お久しぶりね。どうしたの、こんなところに」

愛想《あいそ》の良い顔をしながら、バーバラが近付いてくる。

「誰《だれ》だ。知り合いか？」

「はい。いつも行く食料品店の女将《おかみ》さんです」

レナが説明していると、バーバラは立ち止まって、リィドを見上げた。

「おや。見ない顔だね。誰だい？　あんた」

「初めまして。リィドです」

挨拶《あいさつ》と共にリィドが軽く頭を下げると、バーバラは怪訝《けげん》そうに首を傾《かし》げる。

「リィドさん。珍《めずら》しいね、レナちゃんが誰かと、それも男と一緒に居るなんて。どういう関係だい？」

「新婚さんだよ」

レナが答えるより先に、カウンターの店主が言った。すると、バーバラは見て分かるほどに目を丸くする。

「ええ⁉　レナちゃん、結婚したのかい⁉」

「あ……はい。その。そうです。こちらのリィく……リィドさんと」

「あらまー！　そうだったのかい。びっくりしちゃったよ。そうかい、結婚をねえ。いつも一人で買いに来てたからちょっと心配してたんだけど、おばさん、安心したよ。そうなの、あんた、レナちゃんの旦那さんなのかい！」

バーバラは豪快《ごうかい》に笑いながらリィドの体を何度も叩《たた》いた。

「え、ええ、まあ、そうですね。すみません、痛いんですが……」

リィドの言葉も我《わ》が道《みち》を行くバーバラの耳には届いていない。

「なんだぁ、レナちゃんにもちゃんとそういう人が居たんだねえ。良かった、良かった」

「ありがとうございます、バーバラさん」

レナが笑《え》みを浮《う》かべると、バーバラは無邪気《むじゃき》な顔でリィドを見て、

「それで、あんた。なにしてる人なの？」

割と返答に困ることを訊いてきた。

「……オレですか」

「レナちゃんが冒険者《ぼうけんしゃ》やってることは知ってるし、ここで訊く相手はあんた以外に居ないでしょ。身なりはちゃんとしてるけど、なんの仕事してるの」

「ああ……そうですね。冒険者です」

「へえ。じゃあ、レナちゃんの同僚《どうりょう》なの！　大丈夫《だいじょうぶ》？　ひょろひょろしてるけどちゃんと働けてるの？」

「ひょろ……一応は、なんとか」

一瞬《いっしゅん》、リィドの口元が苛立《いらだ》ちを示すようにぴくぴくしたように見えたが、彼は急いで表情を取り繕った。

「一応じゃ困るんだよ、一応じゃ！　いいかい、レナちゃんはねえ、本当に良い子なんだよ。あたしの亭主《ていしゅ》が魔物《まもの》に襲《おそ》われていたところを助けてくれた上、お礼だって渡《わた》したお金を受け取らず、うちの店がないと困りますからって、そう言ってくれたんだよ！　ねえ、こんな子は最近いないよ⁉」

「ええ、まあ、そうですね」

「だからねえ！　レナちゃんは絶対に幸せにならなきゃいけないのさ。あんた、この子に苦労をさせるんじゃないよ。そういう覚悟《かくご》あるのかい⁉」

「覚悟、ですか」

「そうだよ！　結婚って言うのはね、互《たが》いに互いの人生を背負うってことなんだよ。あんたがへまやるとレナちゃんにとばっちりがいくんだよ！」

「……そうですね」

レナはリィドとバーバラのやりとりを聞きながら、何か問題が起こるのではないかと胸中でハラハラしていた。

しかし、リィドはやがて深呼吸を一つすると、

「確かにその通りです。でも、オレはレナに負担をかけるような真似《まね》はしません。彼女《かのじょ》と結婚したのは……生半可な気持ちではありませんから」

真剣《しんけん》な顔で、力強く告げた。

その凛々《りり》しい表情に――レナは、思わず自身の胸を掴む。

何か鋭《するど》いものに心を貫《つらぬ》かれてしまったような、そんな感覚を味わったからだ。

「……ふうん。なるほど。見た目と違って、肝《きも》は据《す》わってるみたいだね」

バーバラもまた感心したように言うのに、レナは口添《くちぞ》えする。

「大丈夫です、バーバラさん。リィドさんのこと、わたし、信じていますから」

その言葉を受けて、ようやく、バーバラは納得したようだった。

「そうかい。レナちゃんがそう言うなら、まあ、そうなんだろう。でも、なにかあったらいつでも相談するんだよ。おばさん、応援《おうえん》してるからね」

満面の笑みでそう言われ、レナもまた口元を緩《ゆる》めて「ありがとうございます」と返す。

その後、バーバラは自分の買いたいものを購入すると、そのまま店を辞していった。

レナ達もまた食器などを買い込《こ》み、外へと出る。

「やれやれ。思ってもみない目に遭《あ》ったな」

「……そう、ですね。バーバラさん、良い人なんですけど、ちょっとだけお節介《せっかい》で」

「そうだな。なんとか切り抜《ぬ》けられたが」

リィドがほっとしたように言うのに、レナはわずかに頷くだけで応《こた》えた。

正直、まともに彼《かれ》の顔を見ることが出来なかったからだ。

（……格好良かった……）

先程《さきほど》の、はっきりと『レナと結婚したのは生半可な気持ちではない』と言い切ったリィドの姿が、頭から離《はな》れない。

いつも以上に、魅力的《みりょくてき》に思えた。

（うう。リィくん、やっぱりずるいです。急にああいうこと言うから）

その場を取り繕《つくろ》うために言ったことだというのは理解している。

だがそれでも、気を抜けば微笑《ほほえ》んでしまいそうな自分の心を抑えることが出来なかった。

レナは自身の頬を押《お》さえ、変化しつつあるそれを、少しでも隠そうとする。

「レナ、どうした。さっきのことを気にしてるのか？　あそこではああするしかなくて、お前は不愉快《ふゆかい》に思ったかもしれないが」

「不愉快なんて！」

つい大声を出してしまい、レナは自らの口元を押さえた。

そうして、驚きに目を瞬《まばた》かせているリィドに向けて、笑みを見せる。

「不愉快なんて、思ってません。わたし達の関係は、偽装ですけど……さっきのリィくんの言葉はとても素敵《すてき》でしたから」

「あ……ああ。もし本当にお前と結婚することになったら、ああ言うだろうなということを踏まえたんだ。上手《うま》くいってなによりだった」

「そうですか。そうですね。もし、ですよね」

「……ああ、もし、だな」

会話を交《か》わしながら、なぜかリィドは次第《しだい》に無言になってしまった。

なんとなくレナも口を開かないまま、街を歩きながら、空を仰《あお》ぐ。

（もし、かぁ……）

本当だったら、どんなに良かっただろうか――。

そんな風に、感じ入りながら。


「ここです、リィくん。お気に入りの場所なんです」

買い物を終えたリィドは、レナに連れられて、街外れの小さな広場に来ていた。

そろそろ昼食をとろうかと提案したところ、彼女が場所を指定したのだ。

リィドは周囲の様子を眺《なが》めながら、首を傾げる。

「確かに人もあまりいないし、静かで落ち着いていて良い場所だが。屋台みたいなものもないし、どこで食事をするつもりだ？」

「ふふ。ここに座《すわ》って下さい」

レナは言って、備え付けられていたベンチに腰《こし》を下ろすと、隣《となり》を軽く叩いた。

どういうつもりだと思いつつリィドが従うと、

「実はですね。こういうものがありまして」

レナが肩から下げていた鞄《かばん》から何かを取り出した。布に包まれた箱のようなものだ。

「ん、そういえば家を出る時に何かを持ってきていたが。なんだこれは？」

「はい。おべんとうです」

おべんとう、という言葉が一瞬、リィドの脳裏《のうり》で宙に浮いた。何のことか、咄嗟《とっさ》に理解出来なかったからだ。

しかし間もなく、それが『お弁当』を指すことなのだと悟《さと》る。

「え。お前が作ったのか？」

てきめんに不器用なレナと、弁当という単語の意味するところが直結しなかった。

「ええ。その、せっかく二人で初めてお出かけすることですし。食材もあったので、朝早く起きて用意したんです」

そういえば早朝に何か物音のようなものを聞いた気がする、とリィドが薄らとした記憶《きおく》を思い出していると、レナが続けた。

「もし……良かったら、食べませんか？」

どこか引け目がちなのは、上手くいったかどうかの自信がないからだろう。

「もちろん、リィくんがどこかのお店に行きたい、というのならそちらでも構いませんが」

「いや。食べよう」

リィドは表情を悟られないように端的《たんてき》に言って、レナから視線を逸らした。

今、彼女に顔を見られると相当に不味いと自覚していたからだ。

（レナがオレの為《ため》に弁当を作ってくれた……あの何をするにも失敗ばかりのレナが）

どれほど大変なことだっただろうか。喜びと嬉《うれ》しさと驚きと感動が一挙に押し寄せてきて、とてもではないが平静ではいられなかった。

それでも時間をかけ、どうにか表向きは何でもないようにこなせるようになったと思ったところで、レナは声を上げた。

「分かりました！　では、頂きましょう」

リィドが目を向けた先で、いそいそと、彼女は布をほどき始める。

リィドはそわそわする気持ちを見抜《みぬ》かれないように、己《おのれ》の感情を宥めた。

「どうぞ、リィくん。二人分ありますから、まずはリィくんが食べて下さい」

無言で頷き、リィドは渡された箱の蓋《ふた》を開ける。

ふわりと、バターとミルクの香《かお》りが漂《ただよ》った。

箱の中に敷《し》き詰められていたのは、分厚い四つのパンだ。

一つ目にはベーコンと炒《い》り卵《たまご》。二つ目には瑞々《みずみず》しい野菜とチーズ。三つ目には目にも鮮《あざ》やかな赤の果実で出来たジャム。四つ目には、塩漬《しおづ》けされた魚の切り身と玉葱《たまねぎ》。

それぞれの具材がたっぷりと挟《はさ》み込まれていた。

「どれでも好きなものをどうぞ」

レナから薦《すす》められ、リィドはまず、ベーコンと炒り卵のパンを手に取った。

他は買ってきたものを切ったり塗《ぬ》ったりしただけだが、これはレナ自身が調理したものだと思ったからだ。

「じゃあ、いただくか」

半分に千切って、片方にかじりつく。具材を歯で噛《か》み締《し》め、舌で味わった。

「……どう、ですか？」

リィドの顔を覗《のぞ》き込んでくるレナは、見て分かるほどに不安そうだ。

「そうだな……」

パンを咀嚼《そしやく》しながら、リィドは考《かんが》え込む。

（正直……美味《おい》しいかと言われれば、そうでもない）

ベーコンは焦げを通り越《こ》して炭化しているところもあるし、炒り卵は火を通し過ぎてボロボロだ。塩コショウも加減が分からなかったのか効き過ぎているし、旨味《うまみ》よりも、苦味や辛味《からみ》の方が先んじた。ただ、

「ああ。美味《うま》いよ」

自然とその言葉が口から出る。嘘や誇張《こちょう》ではなかった。

（表現し難《がた》いが……これを作っていた時のレナの気持ちがこめられているような。そんな感じがして、不思議にそういう感想を抱《だ》くのに、抵抗《ていこう》はないな）

料理は愛情だ。昔、そんなことを誰かから聞いた覚えがある。その時は戯言《たわごと》だと断じたものだが、今なら分かる気がした。

愛情だけで味は完成しない。しかし――愛情をもって作られたものを感じることが出来れば、それは確かにある種の効果を及《およ》ぼすのかもしれない。

（眠《ねむ》いのにオレが目覚めるより先に起きて、一生懸命《いっしょうけんめい》に作ってくれたんだろうな）

そう思うだけで、何倍、何十倍にも美味いと思った。誰が否定しようとも、自分だけは

この弁当を、世界で一番だと吼《ほ》えるだろう。文句があるならかかってこいと。

「良かったです……失敗してしまったのではないかとずっと心配でして」

「確かに上手くいったとは言い難いな」

「ああ！　……やっぱり、そうですよね。ごめんなさい」

リィドの率直《そっちょく》な意見にレナは落ち込んだように俯《うつむ》く。

「いや、でも美味いよ。それは本当だ。ありがとうな」

が、リィドがレナの頭を撫《な》でると、彼女ははっとしたように顔を上げた。

「懐《なつ》かしいです。……昔、リィくんはよくこうして、頭を撫でてくれましたよね」

「ん。そうだったか？」

「ええ。わたしが頑張《がんば》った時とか、何かを成《な》し遂《と》げた時とか……よくやったなって。誰に言われるより、嬉しかったのを覚えてます」

少し頬を赤らめながらはにかむレナを前に、リィドは急に恥ずかしくなって手を放す。

「……そうか。そういえばそんなこともあったな」

「はい。あ、そうだ。リィくん。せっかくですから、やりましょうよ」

「ん？　なにをだ？」

リィドが首を傾げていると、レナはパンの一つを手にとって、小さく割った。

「はい、あーん、してください。食べさせてあげます」

「……いや、いいよ」

「ダメですよ？　わたし達、夫婦《ふうふ》なんですよね。ここだって少ないですけど、人はいるんです。周りにもそれっぽく見せなければいけません」

ぐいぐいと迫《せま》ってくるレナは、リィドの拒否《きょひ》など構おうともしない。顔にはわずかに朱《しゅ》を散らしていたが、梃子《てこ》でも譲《ゆず》らぬという構えだった。

（い、いつも以上に大胆だな……これも一緒に出かけた効果か？）

羞恥《しゅうち》からの抵抗感はあったものの、リィドは言われるがまま、口を開く。

「はい、あーん……」

ジャムの塗られたパンを口の中に入れられると、舌の上で一気に甘《あま》さが広がった。

「どうですか？」

「……悪くない」

正直、緊張《きんちょう》していてしっかりと感じ取れたわけではないが、それでも美味と言えるものだった。

「ですよね。このジャム、味見してすぐ買おうと思ったくらい、気に入ったんです。リィくんも同じ感想を抱いてくれて良かったです」

レナは安心したように微笑んでいた。そんな彼女の姿にリィドも口元を緩める。

(悪くない。いや、むしろ、最高の気分だ。魔王様、本当にありがとうございます……！)

再び遠く彼方にいるアスティアへ感謝を捧《ささ》げつつ、残りのパンを平らげる。

「わざわざ作ってくれて悪いな。本当に美味かったよ」

「……いえ、気にしないで下さい」

レナはわずかに頬を染めながら、自分の手の中にあるパンに噛《かじ》り付いた。

と、その時、

「あ、レナだ！　おーい！　レナ！」

騒《さわ》がしい声が聞こえ、リィドが前を向くと、広場の入り口に三人の男女が立っている。

全員が十代後半から二十代前半ほど。揃《そろ》って頑丈《がんじょう》そうな武器や防具を身に着けていた。

「……イザベラさん！　それにエッダちゃん。ライルくんまで」

近付いてくる集団に、レナは声を上げる。

「なんだ、また知り合いか」

リィドが尋《たず》ねると、彼女は頷いて、

「冒険者ギルドで知り合った人達です。わたし、基本的には一人で依頼《いらい》をこなしていたんですけど、そういう人が珍しかったのか話しかけてきてくれて」

「……なるほどな」

交流を控《ひか》えているとは言え、この街の近くで暮らしている以上、どうしても誰かとの関《かか》わりは避《さ》けられないだろう。知人がバーバラだけではないのは当然だった。

「やー、いつぶりだろ。最近、顔合わせなかったよね。元気だった？」

イザベラ、と呼ばれた女性がレナの目の前に立ち、快活そうな笑みと共に言ってくる。

「ええ。なんとかやっています。イザベラさんは？」

「あたしはいつも通り。この間、オーガ相手にどんぱちやらかしたけどさ、無傷で倒《たお》してやったよ」

赤銅色《しゃくどういろ》の短い髪《かみ》を揺《ゆ》らし、イザベラは誇《ほこ》らしげに胸を張った。確かに鍛《きた》え上げられた体つきをしており、両腰につけた手斧《ておの》と合わせて相当の強さをもっているように見える。

「レナは休憩中《きゅうけいちゅう》？」

次いで、藍色《あいいろ》の長い髪を持つ、別の少女が口を開く。鋭い目につんと尖《とが》った顎《あご》、というところから気の強そうな印象を受けた。羽織ったローブの背には大きな杖《つえ》を負っている。

「ええ。今日は休みですから。エッダちゃんはお仕事の帰りですか？」

「そんなところね。イザベラ達と組んで依頼を終わらせてきたとこ。今度はレナも一緒《いっしょ》に行かない？」

「わたしは……いいですよ。一人でやるのが性に合っていますし」

「またそういうこと言う。でも、単独だと危険なことだって多いでしょ」

「そうだぞ、レナ！　だから冒険者は皆《みな》、パーティを組んで事に当たるんだ。君にもしものことがあったらどうするんだ！」

意気込《いきご》んで身を乗り出してきたのは、それまで控えていた青年だった。肩ほどまである銀色の髪に、鉄製の武骨な胸当てをつけている。腰からは長剣《ちょうけん》を提《さ》げていた。

「心配して頂いて、ありがとうございます。でもライルくん、わたしは大丈夫ですから」

「いや、でも、やっぱり誰かと一緒にやった方がいいと思う。僕《ぼく》で良かったらいつでも力を貸すぞ」

「……ありがとうございます。では、機会があればよろしくお願いしますね」

ライルの善意にレナが笑顔《えがお》で答えていると、イザベラが大きな声を上げた。

「あっれ！　レナの隣に居る人だれ？　見たことないんだけど」

「ホントだ。あなた、何者？」

エッダに不審者《ふしんしゃ》を見るような目つきで見られたものの、リィドは素直《すなお》に答えた。

「リィドだ。冒険者をやっている。最近この街に来たから知らないのも無理はない」

「へえ？　でも新参者がどうしてレナと一緒にいるわけ？」

「それは……彼女と結婚《けっこん》したからだ」

「……は？」「え？」「はい？」

なるべく自然体に見えるよう意識しながらリィドが告げると、三人は揃って、いささか間の抜けた顔をさらした。

「けっ、結婚⁉」

直後、ライルは素《す》っ頓狂《とんきょう》な声を出し、

「はあああああ⁉　結婚んんん⁉」

間髪《かんはつ》容れず、エッダが絶叫《ぜっきょう》する。

「ちょ、ちょ、ちょっと⁉　なんでレナが結婚したの⁉　ワタシですらまだなのに！」

彼女はそのまま、食《く》って掛《か》かるようにしてレナに迫った。

「な、なんでと言われましても。その、ご縁《えん》がありまして」

「どういうご縁よ⁉　教えなさいよ！　今すぐにッ！」

「結婚相談所に行ったんですが、そこでリィくんと再会しまして、そのまま……」

「再会？　元々の知り合いだったたってことかい？」

一人、泰然《たいぜん》としている様子のイザベラから尋ねられて、レナは頷いた。

「あ、はい。リィくんとは小さい頃《ころ》からの友達《ともだち》で、事情があって随分《ずいぶん》と離れていたんですが、この街で偶然《ぐうぜん》、また会えたんです」

「へぇ。そりゃ良かったねえ。おめでとう、レナ」

笑って手を叩くイザベラに、レナは深々と頭を下げた。

「ほ、本当に結婚したのか、レナ……!?」

それとは裏腹に、未《いま》だ興奮の収まらぬ様子のライルが勢《いきお》い込んで尋ねる。

「ええ、そうです。お三方にも機会があればお話ししようと思っていたんですが」

「そうなのか……いやぁ、びっくりしたよ。おめでとう」

「……ふうん。幼馴染《おさななじみ》、ねえ」

イザベラとライルが素直にレナを祝福する一方、エッダだけが訝《いぶか》しげな顔をしている。

「ねえ、レナ、結婚したってことは、このリィドって男のことが好きなのよね？」

「え……ええ、そうですね。好きです」

こくん、と顎を引くレナを見て、リィドは思わず体を竦ませてしまった。改めて第三者に伝えられると、たとえ偽《いつわ》りだとしても意識してしまう。

「ふううううん。……で、リィド、だっけ。あなたもレナのことが好きなわけ？」

次いで話の矛先《ほこさき》が自分の方に向いてきた為、リィドは急いで平静を装いながら答えた。

「ああ。そうだな。でなければ結婚などしないだろう」

「なるほど。恋愛結婚《れんあいけっこん》ってわけ。それは羨《うらや》ましい話なんだけど……ちょーっと、気になることがあるのよね」

「気になること、ですか？」

レナが声を上げると、エッダは彼女の方を向いて、

「ええ。あなた、リィドとは随分と長いこと離れていたって言ってたわよね。それが相談所に行ったら、紹介《しょうかい》されたのが彼で、そのまま結婚した。……ちょっと都合が良過ぎるように思えない？」

「え？　どういうことでしょう？」

「そんな偶然、本当にあるかしら。信じられないんだけど」

「信じられないもなにも、実際にそうなんだから、しょうがないだろう」

イザベラが眉《まゆ》を顰《ひそ》めるのに、エッダは鼻を鳴らした。

「どうかしら。なんか作為的《さくいてき》な匂《にお》いがするのよね。……リィド、あなた、何か別の目的があって、レナに近付いたんじゃないの？」

リィドに鷹《たか》のように鋭い眼差《まなざ》しを向けながら、彼女は続ける。

「本当は前からレナがこの辺りに住んでいることを知っていて、幼馴染という立場を利用

し、結婚相談所を利用して関係を持った……とか？」

「おい。勘《かん》ぐり過ぎだ。そんなわけないだろう」

イザベラから注意されるも、エッダは尚《なお》も疑わしそうにリィドを見る。

「そんなの分からないわよ。だってワタシもイザベラも、彼のことは何も知らない訳だし」

──なるほど。と、リィドは胸中で感心した。

（中々どうして、それほど的外れでもない）

実際、リィドの気持ちはともかく、レナとの現在の関係について、感情以外の部分で結婚したという意味で、エッダの指摘《してき》は当たっている。ただ、現時点において確かな証拠《しょうこ》があるわけでもなかった。

「そんなことはない。オレはレナのことが一人の人間として好きで──」

故にそう答えようとしたリィドだったが、

「そうか……よく考えてみれば、確かにエッダの言う通りだ!!」

そこでライルが突然《とつぜん》、リィドを指差して叫《さけ》んだ。

「リィド、君が邪《よこしま》な目的でレナを利用として結婚したという可能性はある！」

「ライルくん、本当に違《ちが》うんですよ。リィくんはちゃんとわたしのことを」

「レナ、君は純粋《じゅんすい》だ。純粋な人間は得てして人の悪意に鈍感《どんかん》であることが多い。もし疑いが少しでもあるのなら、友達である君の為に、僕は彼の正体を確かめたい！」

正義感たっぷりに弁舌《べんぜつ》を振《ふ》るうと、ライルは鼻息荒《あら》くリィドに告げてきた。

「リィド、君がレナのことを本当に好きだというなら！　それを証明してもらおう！」

「証明？　どうやって？」

「レナの好きなところを――十個言うんだっ！」

「…………は？」

さすがに予想外だった為、リィドはつい、間の抜けた声を漏《も》らしてしまう。

「どうした！　結婚するほどの相手であれば、言えるだろう⁉　それとも本当は愛情からくる婚姻《こんいん》でないから無理なのか⁉」

無《む》茶《ちゃ》苦《く》茶《ちゃ》な理屈だった。そもそも『相手の好きなところを十個言えれば恋愛結婚と認める』という判定基準自体に正当性がない。

「ふうん。面白《おもしろ》いじゃない。それを言えたらワタシも疑いを晴らすかもしれないわ」

だがエッダまで賛成した為、場の空気は完全にライルを是《ぜ》とする方向に流れ始めた。

頼《たの》みの綱《つな》とばかりにイザベラを見るが、彼女は苦笑《くしょう》するだけだ。

「すまないね。二人ともレナを心配してのことなんだ。なんとかしてくれるかい？」

そう言われてしまうと、断ることが出来なくなる。下手に拒否するとますます疑惑《ぎわく》の種は育っていく一方だろう。妙《みょう》に不審《ふしん》に思われて身辺を探《さぐ》られてしまう事態にでもなれば、リィドとしても不都合だった。

「リィくん？　あの、無理しなくても……」

レナからそう言われるも、リィドは「いや……」と短く返し、目を閉じた。

（……くっ……。こうなれば仕方がない）

あまり時間をかけてもそれはそれでおかしいと思われかねない。素早《すばや》く、臆《おく》さず、躊躇《ためら》わず、冷静に言わなければならなかった。

（出来るか……いや、やるしかない……！）

半ば賭《か》けの状態で、リィドは目を開くと同時に静かに告げた。

「まずは、優《やさ》しいところだな」

「むっ！　いや、そんな普遍的《ふへんてき》なことで──」

「レナは誰に対しても平等に優しい。これは、簡単のように見えて難しいことだ。人間であれば嫌《きら》いな奴《やつ》、苦手な奴はどうしたって生まれる。だがレナはそんな奴等にも気遣《きづか》って接する。オレには出来ないことだ。次に素直なところ。ひねくれた視線を持たずどんなことでもまずは受け入れる。度量が広いとも言えるだろう。その上で相手の立場でもって考えることが出来る。良く笑うところもいいな。オレは不愛想だから余計にそう思う。レナの笑顔は周りの人間の心を知らずして解きほぐす。自分の弱いところを認めて向き合おうとするところ、気持ちの落ちつく穏《おだ》やかな声、何事に対しても一生懸命な性格、決して自分を誇示《こじ》せずにむしろ他人を立てようとする配慮《はいりよ》、些細《ささい》なことでも幸せを感じることのできる在り方、恐《こわ》がりだが誰かの為ならそれを乗り越えて立ち向かおうとする勇気――」

「ま、待て、待て待て待て！」

すらすらと喋《しゃべ》り続けるリィドを、ライルは慌《あわ》てたように制した。

「なんだ。まだ十個いっていない気もするが」

「そ、それはそうだけど、まさかここまで流れるように言ってくるとは……」

「……さすがに予想外なんだけど」

エッダの口元も動揺していることを示すように痙攣《けいれん》している。

（……予想外なのはオレもそうだ。あまりにも澱《よど》みなく出て来ることに自分自身で驚《おどろ》いている）

リィドは内心でそう思いながら、先程の己を省《かえり》みた。

（オレはレナのことをそんな風に思っていたとはな……改めて形にしてみると、感慨深《かんがいぶか》い。いやまあ、それはいいんだが）

止めてはいけない、という想《おも》いで突《つ》っ走ったせいで、ついやり過ぎてしまった。おかげで隣に居るレナの顔をまともに見ることが出来ない。

彼女は自分の言葉を聞いてどう思っているだろうか。好意をもってくれただろうか。それでも逆に引いてしまっただろうか。

訊《き》いてみたいが、訊くわけにもいかなかった。

その代わりに、リィドは咳払《せきばら》いを一つして、

「とにかく。オレは他に何かあるわけではなく、レナのことが好きで結婚したんだ。それでも疑うというのなら――」

思い切って手を伸《の》ばした。レナの肩《かた》を掴《つか》んで、自らの傍《そば》に引き寄せる。

「――まだ、続けてもいいが？」

緊張を悟られないようしつつ、リィドがそう告げると、エッダとライルは呆然《ぼうぜん》としたように立ち尽《つ》くした。

(ひゃ。ひゃああ。ひゃああああああああ！)

レナは左半身にリィドの体温を感じながら、表面上は笑顔を取り繕いつつも、内心で激しく狼狽《ろうばい》していた。

(な、なんですか⁉　なんですか今のリィくんは⁉　なんですか今のリィくんの言葉は

!?)

突如《とつじょ》として怒涛《どとう》の如く想い人から『好きなところ』を挙げられて、さすがに当惑《とうわく》を極《きわ》めている。

(わ、わたしのことをそんな風に見てくれていたんですか。え、今のは本音ですか？　それともこの場を誤魔化《ごまか》す為の嘘《うそ》ですか!?)

もし前者であれば胸のドキドキが爆発《ばくはつ》しそうなほど上り詰《つ》めてしまうし、もし後者であれば咄嗟にあれだけのことを言ってのけたリィドに尊敬の念を抱いてしまう。

(ど、どっちなんでしょう。うう。訊いてみたい。でも訊けない。もどかしいです！)

いっそのこと、何もかもバラしてリィドの気持ちを確かめたくなった。

だが、それは出来ない。これから少なくとも二年はリィドと共にいるのだ。確実だと思える瞬間《しゅんかん》で実行したかった。

(……苦しいです)

胸が締め付けられるようだ。一番大事な人の、一番大事なことを知ることが出来ないというのがこんなにも辛《つら》いとは思わなかった。

(でも……リィくんが好きだから、こんな想いを味わうんですよね)

なら、それは喜びでもある。一生に会えるかどうか分からない、本気で愛する人がいるのだから。

（だから……やられっぱなしはいけません。さっきの言葉が本当か、それとも嘘かは分かりませんけど、わたしだって頑張って、リィくんに意識してもらうんです！）

レナは密《ひそ》かに深呼吸し、自身を律したところで、思い切って口を開いた。

「わたしも、リィくんの好きなところは沢山《たくさん》言えます」

その場にいる全員が、ぎょっとしたように見てくる中、レナは語り始める。

「……昔から、リィくんの強いところが好きです。力ではなく、どんな相手でも向かって行く心の強さが。それにいつもさりげなく助けてくれるところとか、頑張っている人を絶対に見捨てないところとか、自分を慕《した》ってくれる人をどんなことがあっても守ろうとするところとか。子どもやご老人みたいに、弱い人のお世話をしていることもありました。でもそれを決して人に言わないで、当然のようにしていて。何があっても大丈夫だって思わせてくれる、頼《たよ》りがいのあるところとか……それなのにちょっと抜けたりしているところもある、そういう不器用なところも――大好きです」

言えた。相当に頑張ったが、きちんと言うことが出来た。

（そうです。リィくんだけではありません。わたしだってリィくんに負けないくらい……あなたのことが、好きなんです）

そう、リィドに伝えたいが為に。

「……レナ、お前」

突然に言った為か、リィドは驚いたように目を丸くしていた。

彼の内面を知ることは出来ない。

だが、この場を誤魔化す為についた嘘だと思われても、構わなかった。

形にすることが――相手に届け、その内面に響《ひび》かせることが重要なのだと。

そう、レナは信じているからだ。

「はは。こりゃ、潔白は証明されたようなものだね」

やがて、呆気《あっけ》にとられたようにリィド達を見つめていたイザベラが、肩を竦《すく》めた。

「どう見たってレナもリィドも互いに好き合ってるよ。そうじゃなきゃ、こんなことを素《しら》面《ふ》で躊躇いなく言えるわけがない。そうだろう?」

「むううう……まあ、そうかも……」

エッダは頬《ほお》を赤らめながら、小さく頷《うなず》いた。

どうにか凌《しの》げたか、とリィドが胸を撫で下ろしていると、

「……待つんだ」

ライルがぼそりと呟《つぶや》いて、リィドを睨《にら》み付けた。

「まだだ。彼が仮にレナを騙《だま》そうとしているのだとすれば、先程のようなことも準備しているかもしれない。僕はまだ納得《なっとく》しないぞ」

「なら、どうしろというんだ」

しつこいなこいつは、と思いながらリィドが言い返すと、ライルは打開策を考えるようにして少し目を泳がせたが――。

「あ……そうだ。口づけだ！　僕たちの前で口づけをして欲《ほ》しい！　結婚したなら出来るだろ⁉」

とんでもないことを要求してきた。

「……はあ⁉」

さすがに予想外だったのか、リィドはらしからぬ大きな声を上げた。

が、驚いたのはレナも同じだ。まさかそこまで言われるとは思わなかった。

「ちょっとライル、さすがにそれはよしなよ。困ってるじゃないか」

「そ、そうよ。やりすぎじゃない？」

イザベラとエッダにたしなめられるも、ライルは一歩も引く気配を見せない。

「確かに僕もそう思う。だが、レナがこの男のせいで酷《ひど》い目に遭うかもしれないと考えれば、そこまでやるべきじゃないか！」

ライルの瞳《ひとみ》には一片《いっぺん》の汚《けが》れも存在していなかった。余計な思惑《おもわく》などなく、本当にレナの身を案じての行動なのだろう。それだけに性質が悪かった。

「ま、まあ、そうかもしれないけど……」

「……まいったねえ」

ライルの熱意に押されたように、エッダもイザベラもそれ以上は何も言えなくなってしまう。

「で、でも、そんな……」

レナはちらりとリィドの方を見た。彼はと言えば、無表情のままだ。だが、

「……すれば本当に納得するんだな？」

不意にそう言った為、レナは心臓が跳《は》ね上がるかと思った。

「え、リ、リィくん？」

「いい加減、しつこく絡《から》まれるのも面倒《めんどう》だ。それで満足するならやってやる」

半ば疲《つか》れたように呟き、レナへと視線を移してくるリィド。

（え、ほ、本当にやるんですか⁉　そんなまだ心の準備というか……というか、リィくんはなんとも思わないんですか……⁉　やっぱりわたしのことが好きではないから仕方なくとかそういうことで⁉　でもだとしても口づけなんてそんな気軽に！　ああ！　ああああ

ああぁ！）

内心では狼狽のあまりごろごろと転がっていたが、表面上、レナは必死で冷静に努めた。

「レナもいいか。お前が嫌《いや》なら、やめておくが……」

確認《かくにん》をとってくるリィドを、この場で断れるわけもない。不自然な流れになってしまう。

「わ……分かり、ました」

無理やりに笑《え》みを作って、レナはリィドと向き合った。顔が赤くなっていないことを祈《いの》りながら続ける。

「そ、そうですね。夫婦ですから。いつもやっていることですし……少し恥《は》ずかしいですけど」

「……ああ、そうだな。じゃあ、いくぞ」

リィドがレナの両肩《りょうかた》を掴んでくる。悲鳴を上げそうになるのを堪《た》えるのが大変だった。

（こ、こんな形でリィくんと初めての……）

いつか夢見ていたことが、これほどまで早く実現するとは。

レナは密かに深呼吸しながら、来るべき時を待った。

リィドがわずかに躊躇うような間を空けた後、動き始める。

自分が愛してやまない人の顔が、その唇《くちびる》が、ゆっくりと近付いてきた。

少しずつ。でも着実に。

（はわ。……はわわわわわわわわわ！）

レナが胸中で慌てている間にも、距離《きょり》を詰めてきて。

そして、ついに――。

「ちょ……ちょおおおおおおっと待った――！」

が、唇と唇が触れるその直前。

エッダが手を伸ばし、リィドとレナの肩を掴んで強引《ごういん》に止めて来た。

「わ、分かったわ、もういい！　この辺りで勘弁《かんべん》して！　信用するから！」

「なぜだ、エッダ！　まだちゃんとしてないじゃないか！」

抗議《こうぎ》するライルに、エッダは顔を真っ赤にしたまま食って掛かる。

「このまま本当にやられたら、居た堪《たま》れなさが半端《はんぱ》ないわよ！　逆にあなたはなぜ平然としているわけ⁉」

「必要なことだからだ！」

「ああ、もう、直情馬鹿《ばか》はこれだから……とにかく！　今の二人の表情とか見ていたら分かったわよ！　レナもリィドも互《たが》いに好き合ってる！　あたしが保証する！　これ以上まだやるっていうなら、ぶっ飛ばすわよ⁉」

「ええ⁉　い、いや、まあ、そうか。君がそう言うなら……」

本気の口調でエッダから迫られて、ライルはようやくそこで引っ込《こ》んだ。

「まったくもう……レナ、良かったわね。好きな人と結婚出来て」

こほん、と咳払いするエッダの顔は、まだ仄《ほの》かに赤い。

「はい。……心配して頂いて、ありがとうございます、エッダちゃん、ライルくん」

レナが微笑《ほほえ》みかけると、エッダは肩を竦めて「これくらい、なんでもないわよ」と同じように口元を緩《ゆる》めた。

「ああ。だが、その男に何かされたらすぐに僕たちに言ってくれよ。いつでも相談に乗るからな！」

ライルが胸を叩《たた》くと、そこでイザベラが仕切るように手を叩いた。

「さあさ。分かったなら、二人とも帰るよ。新婚《しんこん》さんを邪魔《じゃま》しちゃ悪いよ。それに甘い空気に当てられて、あたしまでどうにかなっちまいそうだ」

「……そうね。レナ、またギルドで会いましょう」

エッダはレナに手を振ると、背を向けて、広場の出口に向けて歩き始める。

「じゃあね。幸せにおなりよ、お二人さん」

「またな、レナ！」

手を振って、イザベラとライルも同じように去っていった。

レナもリィドもしばらくの間、無言で三人の姿が小さくなっていくのを見つめる。

「……なんとかなりましたね」

やがてレナが呟くと、リィドは吐息《といき》と共に答えた。

「ああ。どうなることかとは思ったが」

「ふふ。びっくりしちゃいましたね。……あの、無理してさっきみたいなことをさせてごめんなさい」

「ん。いや、別に。お前こそ合わせてくれて感謝する」

「そんな……わたしは、その」

本当にしても良かったのに、とはさすがに口に出来ない。

「でも、リィくんはすごいですね。好きなところを十個言えとかいきなり言われて、咄嗟《とっさ》にあれだけのことを挙げられるなんて。さすが、魔王《まおう》軍四天王です」

「そっちは関係ないが。それに全部が……」

「全部が？」

「……なんでもない」

こほん、と咳《せき》を一つ。顔を背《そむ》けるリィド。

（ぜ、全部が⁉　全部がなんですか、嘘ではないって、そういうことですか⁉　そういうことなんですか、リィくん……！）

襟首《えりくび》を掴んでがくがくと揺らしたい衝動《しょうどう》にかられるレナ。しかしそんな自分を必死で抑《おさ》え込んで、

「……あの、お昼も食べましたし、そろそろ移動しませんか？」

「む。ああ、そうだな」

リィドと立ち上がると、その場を辞するのだった。

（でも……いつかリィくんから、口づけしてもらえるといいな）

そう、願うように思いながら。


「……ふう」

昼を過ぎた辺りで、ようやく買い物に目処《めど》がつき——。

レナの提案もあり、しばらく休憩をとることになる。

街の中央広場まで来た後、リィドは噴水《ふんすい》に腰《こし》かけていた。

目の前ではレナが、街の子ども達の相手をしている。

無邪気《むじゃき》な笑顔で子ども達を追いかけているその姿に、尊ささえ覚えた。

ああした清らかさは自分の中にはない。ある種の羨ましささえ、リィドは感じていた。

（……そういえば、あいつは昔から、誰《だれ》かと一緒にいるのが好きだったな）

自分は一人でも平気な方だが、レナには寂《さみ》しがり屋《や》の一面があった。

家族や友達と同じ空間にいて話すことが何よりも好きで、だから幼い頃はリィドにしょっちゅうくっついていたものだ。

（しかしあの頃は、レナと口づけするような関係になるとは思っていなかったな）

正確には未遂《みすい》に終わったが——ライル達とのことを思い出すと、今でも全身の血液が沸《ふっ》騰《とう》しそうになる。

なんでもない振りをして対応できたことが、奇跡《きせき》のようなものだった。

（だがレナと距離を縮めるにはあれくらいやって然《しか》るべきなのかもしれない。口づけは……まだ無理でも、もう少し大胆《だいたん》なことでも。そうだ。以前は後ろからだったが、今度こそ正面からしっかりと抱《だ》きしめる、とか……）

機会があれば、胆力《たんりょく》を振り絞《しぼ》るべきだろう。

そうリィドが決意していると、

「ふう。遊んでくれてありがとう。わたし、そろそろ行きますね」

レナは子ども達に手を振って、リィドの元に戻《もど》って来た。

「お待たせしました！　一人にしてごめんなさい」

「それは構わないが。……しかし、改めて思うとお前、よく平気だったな」

「ん？　なにがですか？」

隣《となり》に腰かけるレナに、リィドは未だはしゃいでいる子ども達を見ながら言った。

「お前、昔は独りぼっちを嫌ってたじゃないか。事情があるとはいえ、長い間、誰とも会うことなく過ごすことなんて良く出来たなって」

「ああ……。それはその。仕方がないですから」

リィドと同じ光景を眺《なが》めながら、レナは苦笑する。

「寂《さび》しくて仕方ありませんでしたけど、わたしの魔力《まりょく》が暴走して誰かに迷惑《めいわく》をかけてしまうかもって思うと、迂闊《うかつ》なことは出来ませんし。頑張って、我慢《がまん》していたんです」

子ども達へ向ける彼女《かのじょ》の目は、どこまでも優しく、慈《いつく》しみに溢《あふ》れていた。

「……そうか」

そうだ。彼女はそういう人間だった。また思い出す。

レナは幼い頃から人のことばかり思いやって、自分のことを疎《おろそ》かにしがちだった。

そんなことではいつか大きな損をしてしまう。そう思って注意したリィドに、彼女は朗《ほが》らかに答えたのだ。

『でも、誰かが笑っているの、見るの好きですから。一周回って、自分の為《ため》なんです』

その言葉に、自分本位でしか生きていなかったリィドは衝撃《しょうげき》を受けた。

虚勢《きょせい》やおためごかしではない。レナは本気で言っていた。誰かの為なら自分を犠牲《ぎせい》にしても構わないと。苦痛を堪えているのではなく、それが幸せなのだと。

過酷《かこく》な社会で生きて来たリィドが、そんな人間に出会ったのは初めてで。

多分、それがきっかけだったのだろう——彼女に、好意を抱くようになったのは。

「でも、今日はリィくんのおかげで欲しい物は買えました。本当にありがとうございます」

大したことのない、誰でも普通《ふつう》に体験していることを実感できたからと、礼を言ってくるレナ。そんな彼女を真正面から見ていられなくなって——リィドは目を逸《そ》らし、手を伸《の》ばすと、彼女の頭を撫《な》でた。

「そんなもの、これから幾《いく》らだってやれる。いちいちありがとうなんて言う暇《ひま》がないくらいにな。オレが……オレがお前を、絶対に守ってやるから」

「……。はい。ありがとうございます」

驚くような間を空けて。やがてレナは、もう一度、はにかむような笑みを見せた。

「あの、リィくん、昼食の口直しに甘《あま》いものでも食べませんか？」

「ああ、そうだな。どこか知っている店でもあるのか」

「はい。この辺りに屋台が出ていて……」

そう、レナが言いかけた直後のことだった。

突如として背後で悲鳴が上がると共に、爆発音《ばくはつおん》が聞こえてくる。

何事かとリィドがレナと共に立ち上がり、振り返ると、大通りの向こうから数人ばかりの集団が走ってくるところだった。いずれもローブにあるフードを目深《まぶか》に被《かぶ》り、自らの姿を隠《かく》している。

先頭に立つ一人が手を掲《かか》げたかと思うと、高々と叫んだ。

「聞け、愚《おろ》かなる人間どもよ！　我らは敵を恐《おそ》れ、軟弱《なんじゃく》なる政策をとらんとする魔王より独立した者達である！　勇者をかくまっているのであれば今すぐに差し出せ。さもなくば住民に危害が及《およ》ぶ！」

瞬間、男の体から光の粒子《りゅうし》――魔力が迸《ほとばし》り、炎《ほのお》の球が立て続けに放たれる。それらは次々と地面に落下、爆発し、辺りを火の海と化した。

平和だった広場は混沌《こんとん》の坩堝《るつぼ》と化し、その場に居た全員が泡《あわ》を食ったように逃《に》げ出す。

「なんだ、魔王様より独立した者……？」

リィドは思わず眉を顰めた。あのような者達、自国に居た頃には見たこともなかった。

「勇者を差し出せって言ってますけど……」

レナもまた困惑《こんわく》する様子を見せていると、ローブの集団の更《さら》に後ろから、鎧《よろい》の音を鳴らし、騎士達《きしたち》が追うようにやってきた。

「おい、止めろ！　さもなくば然るべき手段に出るしかなくなるぞ！」

一人の騎士から放たれる警告に、ローブの者達は動きを止めた。だが命令に従ったわけではなさそうだ。垣間見《かいまみ》える口元を歪《ゆが》め、騎士達の方へと振り向く。

「愚か者め。そんなことに従うわけがなかろう」

そうして彼《かれ》らは再び魔術《まじゅつ》を発動。火や雷《かみなり》、衝撃波《しょうげきは》を放った。

騎士達は必死で回避《かいひ》するも、ついには攻撃《こうげき》を受け、ほとんどが倒れる。

「……くそ……！　魔導士《まどうし》を連れてこなくては……！」

残った一人が、悔《くや》しそうにしながらも、踵《きびす》を返して走り始める。リィド達がまだ残っていたが、敗北を覚悟《かくご》に挑《いど》むよりはこの状況《じょうきょう》を仲間に知らせることを優先したのだろう。その判断は間違《まちが》ってはいない。

残った者達たちは鼻を鳴らし、リィド達の方を向いた。

「おや。逃げ損《そこ》なった奴が居たか。それではまず、見せしめに貴様らから殺してくれる」

「……お前達、魔族か？　何の為にこんなことをする？」

リィドが動じずに問うと、集団の内の一人が声を上げた。

「おい、こいつ……【影《かげ》の狼《おおかみ》】だぞ」

「なに……？　四天王筆頭の？　ならば勇者を確保する為にこの街に来たということか。丁度いい。勇者の居所を知っているなら案内してもらおうか」

それを受けたもう一人が横柄《おうへい》な態度で言うのに、リィドは呆《あき》れて返す。

「馬鹿か。知っていたとしても言うわけないだろう。それはともかく……お前達、魔王様の計画を知っているのか」

先程《さきほど》の口振《くちぶ》りを聞く限りは間違いない。幸いにも辺りに人の姿はなく、ある程度隠しながらであれば内実を語っても問題はないと踏《ふ》んだ。

「……答える義務はない。勇者を寄越《よこ》せ。さもなくば四天王といえど容赦《ようしゃ》はしない」

ローブ姿の一人が言って、それを発端《ほったん》に、集団は再び魔力を放った。

「リィくん、どうしましょう……？」

レナが腕《うで》を掴んでくるのに、リィドは素早く答える。

「何があるか分からんから、お前はこの近辺にいる住民の避難《ひなん》を誘導《ゆうどう》してくれ。あいつらはオレが片付ける」

「でも、わたしも戦えますよ？」

「分かっている。だが、目的は不明なものの、あいつらは勇者を探しているんだ。お前の力を奴らの前で使う訳にもいかないだろう」

小声で言ったリィドに、レナは「あ、そうですね」と気付いたように、頷く。

「分かりました。でも気を付けてくださいね！」

リィドが了解《りょうかい》を示すように手を上げると、レナは駆《か》け出し、やがてはその場から居なくなった。

「……なんだあの女は。あっという間に消えたぞ。何者だ？」

怪訝《けげん》そうにレナの去った方を見ていたローブの男が、リィドに尋《たず》ねて来る。

「ハッ――それこそ、答える義務はないな」

肩を竦めて、リィドは意識を集中。自身の魔力を解き放った。

「やる気か。いいだろう。四天王が相手なら――『こいつ』を試《ため》すのに丁度いい」

先頭に立つ男が言って、自身の腕を見せて来た。

手首には、装飾《そうしょく》の施《ほどこ》された腕輪《うでわ》が嵌《は》められている。

（あれは……まさか）

リィドの脳裏《のうり》に、過《よ》ぎる物があった。しかしそれを確かめるより前に、男を始めとする者達はそれぞれに魔術を紡《つむ》ぎ出す。

各個は独立して空中に浮《う》かんだが、瞬間、男が身に着けていた腕輪が輝《かがや》きを見せた。彫《ちょう》刻《こく》された紋様《もんよう》に光が走り、それは魔術にある変化を齎《もたら》す。

全《すべ》てが中央に集まると、融合《ゆうごう》し――たった一つの、巨大《きょだい》な光の球体と化したのだ。

（発動した全ての魔術を一旦《いったん》分解、即座《そくざ》に魔力を再構成し合一させることで、属性は排除《はいじょ》されるものの、膨大《ぼうだい》な破壊《はかい》現象を生み出す……間違いない）

リィドの予想は当たっていた。だが、なぜ彼らが『アレ』をもっているかが分からない。

「お前達は一体――」

「死ねッ！」

言いかけたリィドを遮《さえぎ》るようにして、男は膨《ふく》れ上がった光の球体を躊躇いなく放った。

激しい雷鳴《らいめい》の如《ごと》き音を立てながらそれは迫《せま》ってくる。

「フン。まあいい。倒《たお》してから確かめればいい」

リィドはため息交じりに告げた。

同時にリィドの足元にある影が伸び、魔術が構成された。暗黒から起き上がった物体が、やがて、巨大な狼と化す。

「既《すで》に勝ったつもりでいるようだが、それは所詮《しょせん》、お前達《たち》には過ぎた玩具《おもちゃ》だ」

リィドが腕を振ると狼が地を走った。跳《と》び上がり、球体へと襲《おそ》い掛《か》かる。

「――喰《く》われてしまうがいい」

巨狼はその顎《あご》を引き裂《さ》かんばかりに大きく広げると——真っ向から喰らいついた。

凄《すさ》まじい音が連続し、牙《きば》を立てられた球体が徐々《じょじょ》に噛《か》み砕《くだ》かれて小さくなっていく。

「なっ……馬鹿な！　【暴食の狼】がいかに魔力を吸収できるとしても、十人分の量だぞ……!?」

愕然《がくぜん》となるローブ姿の集団を、リィドは憐《あわ》れむ想いを込めて見る。

「四天王を嘗《な》めるな。どれだけ集めようとお前達《たちごと》如きの魔力、腹の足しにもならん」

やがて、リィドの生み出した巨狼は球体を完全に飲《の》み込み、喉《のど》を鳴らした。

そうして、ローブ集団を遥《はる》か高みから見下す。

「ひぃ……ッ！」

怯《おび》える者達に対し巨狼は続けて走ると、再び口腔《こうこう》を開いた。

少しでも抵抗しようと再び魔力を発動する彼らに、容赦なく牙を立てる。

「あああああああああああああああ……あれ？」

「な、なんだ。なんともないぞ？」

しかし、怯えるように縮こまっていた全員が、困惑したように見つめ合う。

巨狼が離《はな》れた後、喰われたはずの彼らの体には傷一つついていなかったからだ。

「くそ……こけおどしか!?」

ローブ集団はからかわれたと思ったのか、いきり立ち、再びリィドに手を翳《かざ》してきた。

だが、

「……ああ⁉　どういうことだ。魔術が使えない⁉」

間もなく、異変を悟《さと》る。

「生憎《あいにく》だがオレの魔術は好みが五月蠅《うるさ》くてな。お前達の肉など食いたくないとさ。その代わりに貰《もら》ったぞ。——魔力を根こそぎな」

これもまたリィドの使う【暴食の狼】による力だ。直接吸収によって発動した魔力を奪《うば》い取られた人間は、一時的に魔術を行使できなくなる。

「ご馳走様《ちそうさま》」

短く紡いだそれが、ローブ姿の者達に届ける最後の言葉。

呆然としている彼らに向けて、巨狼は無造作に腕を振るい——。

数人を纏《まと》めて、紙屑《かみくず》のように吹《ふ》き飛ばした。

ほとんどが一発で気を失い、無様に地面に倒れ込む。

「あ……ああ……」

残った二人も、戦意を失い、膝《ひざ》をついた。

「まだやるならそれでも構わない。ただしその場合はオレも本気にならざるを得ないが？」

指を鳴らして巨狼を消し、リィドが首を傾《かし》げると、二人は顔を青ざめさせる。

片がついたようだ。彼らの素性《すじよう》は捕《と》らえてゆっくり訊き出せばいい。

リィドはそう思って、肩の力を抜《ぬ》こうとしたが、

「格好《かっこ》いいー！　お兄ちゃん!!　悪い奴等、あっという間に倒しちゃった！」

不意に予想外の声が聞こえて驚愕《きようがく》した。

噴水を越《こ》えた向こう。男達《たち》の近くに、先程、レナと遊んでいた子ども達がいる。恐らくは逃げ遅《おく》れて隠れていたのだろう。

「おい！　とっととここから離れろ！」

怒号《どごう》を上げるリィドに彼らは体を竦ませた。

刹那《せつな》、リィドが反応するより早く、男達は弾《はじ》かれるように走り出す。

彼らはそのまま逃げようとする子ども達を捕《つか》まえて、それぞれがその首に手を回した。

「往生際《おうじようぎわ》の悪い……！」

リィドは再び魔術を使おうとしたが、

「動くな！　こいつらがどうなってもいいのか!?」

一人が、腰元《こしもと》に下げていたナイフを抜いて子ども達の首に突きつけた。

典型的な手口だが、相手の動きを止めるのにはこれほど適した物はない。

「……オレとしたことが……」

油断してこの様だ。どうするべきか。下手に魔術を使おうとしてもそれを悟られると厄《やっ》介《かい》なことになる。

（どうにか隙《すき》をつく必要があるが……）

考えを巡《めぐ》らせていると、そこに高らかな声が響き渡《わた》った。

「やめてください！　子ども達を放してください！」

リィドとローブ姿の二人、子どもの目が一斉《いっせい》に同じ場所へと集まる。そこに立っていたのは、戻って来たレナだった。彼女は珍《めずら》しく、はっきりとした怒《いか》りに目をつり上げている。

「レナ、よせ！　ここはオレに任せろ！」

注意したがレナには聞こえていないようだった。子ども達を守らなくてはならないと頭が一杯《いっぱい》になっているようだ。

「フン。貴様のような小娘《こむすめ》に何が出来る！」

怯《ひる》むことなく逆に言い返す相手に、レナはますます顔色を変え、

「放さないなら……」

不味《まず》い。リィドは彼女の行動を予期して動き出そうとしたが、既に遅《おそ》かった。

「放さないなら、許しません――ッ！」

レナの体から、輝くような光の粒子が迸る。

それは彼女自身の憤《いきどお》りを表すように、ストーンドラゴン戦で見せた時よりもっと巨大で雄々《おお》しく、圧倒《あっとう》されるほどのうねりを持っていた。

「うお⁉　な、なんだ貴様のその魔力量は⁉」

完全に想定外だったのだろう。ローブ姿の男達は狼狽《うろた》えて、レナの方を注視した。

（大丈夫《だいじょうぶ》なのか。許容外の力であるようにも思えるが――いや、それより今だ！）

影から狼を形成するとその背に乗って、リィドは猛速度《もうそくど》で走り出す。

瞬《また》く間《ま》に男達の元へ辿《たど》り着くと、子ども達を奪取《だっしゅ》して、更には急ぎ距離をとった。

「レナ！　もういいぞ！　この際だ。やってしまえ！」

「はい……っ！」

リィドの声にレナは、掲げた掌《てのひら》に集めた光の魔術を、男達に向けて叩きつけた。

鼓膜《こまく》が裂けんばかりの音が轟《とどろ》き、硬《かた》い石畳《いしだたみ》の地面は砕き割れ、幾つも瓦礫《がれき》を噴《ふ》き上げる。

閃光《せんこう》が消え去った時、そこには広範囲《こうはんい》に亘《わた》って深く陥没《かんぼつ》した穴があった。

それでも直撃《ちょくげき》は避《さ》けたのか、男二人は衝撃波で吹き飛び気を失っているものの、大きな傷は負っていない。

（凄まじい威力《いりょく》だな……）

リィドは戦慄《せんりつ》のままに、息を呑《の》んだ。このような力をまだ隠していたとは。あんなものをまともに喰らえば、仮にリィドや他の四天王であったとしても無事では済まない。覚醒《かくせい》前でこれなのだから、完全に目覚めた時にどうなるのか、想像もしたくなかった。

助けた子ども達を狼から下ろしたものの、彼らはがたがたと震《ふる》えたままでまともに話が出来そうにもない。落ち着くまで時間が必要になるだろう。

「それにしても、まったく。あれだけ力を隠さなきゃいけないって言っただろうに」

幸い、目撃《もくげき》したのはローブの二人と子ども達だけだ。前者に関しては拘束《こうそく》した上で魔王に連絡《れんらく》をとり、引き取ってもらえばいいだろう。そして、

「……すまない。さっき、あいつが使った力はあまり誰かに知られたくないことなんだ。秘密にしてもらえるか？」

リィドがなるべく穏《おだ》やかな口調で子ども達に問うと、彼らはやがて、ゆっくりと頷いた。

「お、お姉ちゃん、さっき遊んでくれたし、助けてくれたから……誰にも言わないよ」

内の一人が、そう言うと、他の者も同じような言葉で追随《ついずい》する。

「ありがとう。ここはまだ危ないから、親のところに帰りな」

頭を撫でると、子ども達は素直《すなお》に言うことを聞いて、場を去っていった。

（どこまで約束を守ってくれるかは分からないが……まあ、子どもの言うことだ。真に受

ける奴《やつ》も少ないだろう）

騎士たちが戻ってくる前にローブの集団を拘束しここを去れば、リィドたちのことは知られないままになることであるし、問題はあるまい。

そう結論付けて、リィドはレナの方へと戻ることにした。

「お前な。咄嗟のことで仕方なかったとは言え、もう少し気を付けないと……」

少し説教でもするかと思って口を開いたものの——彼女の状態を見て、愕然となる。

レナの光の奔流《ほんりゅう》は、未《いま》だ収まっていなかった。

「くっ……リィくん、すみません、力が抑え切れなくて……」

彼女が苦痛を堪えるように訴《うった》えかけて来るのに、リィドは急いで駆《か》け寄る。

「もしかして……暴走したのか!?」

「はい。急いで子ども達を助けなきゃって思って、やり過ぎたみたい、です」

申し訳なさそうな顔をするレナを責めることは出来なかった。彼女の優《やさ》しさ故に起こった事態だ。

「……安心しろ。こういう時にオレがいる」

リィドは落ち着かせる為に笑いかけると自身も再び魔力を発動させた。黒き粒子が舞《ま》い上がり、手を翳すと影から狼を生み出す。

「喰らえ、狼」

指示を下すと闇《やみ》色の狼が大きく口を開けた。風が吹いたようにレナの魔力が棚引《たなび》くと、その奥《おく》へと吸《す》い込まれていく。

ローブ姿の連中に行ったのは彼らを怯えさせるためにやった演出に過ぎない。本来、ドレインはこのような方法でも効果を発揮することが出来た。

間もなく、レナが纏っていた光の渦《うず》は綺麗《きれい》に消え去る。

「すごい……さすがリィくんですね！」

一連の流れを見ていたレナが手を合わせた。

「この程度はどうということもない。さて、じゃあ騎士たちが戻ってくる前に気絶している奴等を連れて、ここを離れるとするか」

リィドの言葉にレナが頷く。

「そうですね。リィくんのおかげで助かりました……え⁉」

――が。その直後、彼女の体から再び光が放たれた。

「……なに？　なぜだ。全部吸い込んだはずだ」

「ま、まだ収まっていなかったみたいです！　勝手に流れ出してしまって……！」

舌打ちして、リィドは再びドレインを開始した。だが今度は先ほどのように上手《うま》くはいかない。消えかけたと思えば再び盛り返し、収まるどころか天をも焦《こ》がさんばかりに立ち昇《のぼ》る。

「ダメだ……吸収しきれない」

既にリィドが直接吸収によって一度に溜《た》めておける魔力量は限界を迎《むか》えていた。同じことをするには恐らく、数日——場合によっては一週間ほど期間をおかなくてはならない。

「どうしましょう……このままでは騎士さん達が仲間を連れてここにきてしまいます。他に方法はありませんか？」

「………………」

「リィくん？」

突如《とつじょ》として黙《だま》り込んだリィドを不安そうに見つめてくるレナ。

（……そうだな。オレの都合で躊躇《ためら》っている場合じゃない。レナの為だ）

彼女の笑顔《えがお》を取り戻す為、決断した。

「悪い、レナ」

言うが早く両手を広げ——。

リィドは、レナを真正面から、抱き締《し》める。

「リ、リィくんッ⁉」

驚《おどろ》いたように言ってくるレナを、更に強く引き寄せた。

彼女のわずかな吐息や、その鼓動《こどう》を感じることが出来る程《ほど》、近くなるように。

「……密着度を高めて直接吸収の率を上げる。その為には、以前のような格好じゃダメなんだ。これなら、騎士たちが戻ってくる前に全て魔力を取り込めるはず。苦しいかもしれないが、少しだけ我慢してくれ」

「……は……はい」

少し間を空けて、レナが頷くような仕草をするのを感じた。

そんなことが分かるほどに縮まった距離に、リィド自身も緊張《きんちょう》が頂点を極《きわ》めていく。

（機会があればやるとは決めていたが……や、やはり、衝撃が想像以上だ。以前に背中越《ご》しに抱きしめた時とは比べ物にならない程に。だが――動じるな。悟られるな。泰然自若《たいぜんじじゃく》としていろ……！）

自身に言い聞かせながらも、レナの存在を自らの身を通して感じていると、どうしても意識してしまう。

嬉《うれ》しさもあるが――魔力吸収という建前で想《おも》い人とくっついているということに、罪悪感めいたものも覚えていた。

それでもリィドは、以前よりはるかに長い時間、レナを抱き締め続ける。

そのおかげもあり、レナの体から溢れていた魔力は全て、意志を持つようにしてリィドの中へと流《なが》れ込んでくる。体内に循環《じゅんかん》する魔力が、器に溜まっていくのを感じた。

そうして、実際にはそれほどでもなかったはずだが——リィドにとっては何時間にも思われる行為《こうい》が、ようやく終わる。

「もう、大丈夫だろう」

いささかの名残《なごり》惜しさがありつつも、それを振《ふ》り切るようにしてリィドがレナを放すと、彼女は短く言った。

「そう、ですか」

レナは顔を背け、体の前に回した手を強く組み合わせている。

その頬《ほお》は赤い。単なる行為に対する反応なのか、それとも——別の気持ちがあるのか。

リィド自身にある想いと同じであればいい。そう、強く思った。

「……さて、あいつらを捕まえて、この場を離れるか」

もう少しだけ余韻《よいん》に浸《ひた》っていたい、と思うものの、いつまでもここに長居は出来ない。

「あ、そうですね。でも、あの人達、結局、何者だったんでしょう?」

未だほてっているような顔のまま、レナが問うてきた。

「それに関してはオレも分からない。あいつらを魔王様に引き渡せば、その内に事は判明するだろう」

彼らが使っていた『道具』を考えるに、ただ事ではない気もするが――。

リィドは嫌な予感に苛《さいな》まれつつも、レナと共に帰還《きかん》したのだった。


「……やっと帰って来たな」

荷物を持ったまま、自宅前に辿り着き、リィドは安堵《あんど》の息をつく。

「ええ。なにか、色々あって疲れてしまいましたね」

隣にいるレナは、虚空《こくう》を見つめながら呟《つぶや》いた。無理もない。

どうにか騎士たちが戻ってくる前に首都を出て、アスティアに連絡をとり、ローブ姿の連中――正体を確かめたところ、やはり魔族であった――を飛行魔術でやって来た彼女の部下に引き渡すと、すっかり陽も暮れてしまった。

一日の間にあまりにも色々とあり過ぎたのだ。リィドとて、疲労《ひろう》は感じていた。

だが、気のせいかもしれないが、それとは別にレナには何かあるような気がしていた。

家に帰るまでの道中、一度としてリィドと目を合わせてくれていないのだ。

（や、やはり、事情があるとは言え、いきなり前から抱きしめたのは不味かったか……？）

あの時は何とかしなければという想いが先行していたが、一言程度の断わりは入れるべきだったかもしれない。

が、すまない、と謝《あやま》る機会も逸《いっ》してしまったまま、ここまで来てしまった。

(仕方ない。また折を見て話そう)

そう思いつつ、リィドは家の扉《とびら》に手をかけた。

「……リィくん」

そこで唐突《とうとつ》に声をかけられて、つい、姿勢を正して振り返ってしまう。

だがリィドの予想に反してレナは頬を染めながらも、思い切ったように頭を下げて来た。

「先程は、ありがとうございました。リィくんがいなければ大変なことになっていたかもしれません」

「いや、そんなことは……」

リィドは答えながらも、伝えるべき言葉を探し、どうにか口に上らせる。

「……お前を守るって、そう言っただろ。やるべきことをやっただけだ」

「……リィくん……」

顔を上げたレナは、いつものように、眩《まばゆ》いばかりの笑顔を見せた。

「はい。リィくんがいれば、わたし、何も心配いりませんね」

彼女の表情を見て、どうやら、そこまで気にしてはいないようだとリィドは安堵する。

「そこまで信頼《しんらい》されても困るが。だが、そうだな。何か問題が起こっても、オレがお前を助ける」

そう強い口調で伝えると、レナは再び一礼した。

「うれしいです。改めまして、不束者《ふつつかもの》ですが、末永く宜《よろ》しくお願いします」

そんな彼女に対し、リィドはやや戸惑《とまど》いつつも、やがては同じ仕草で返す。

「ああ。まあ、なんだ。……昔みたいに、仲良くやっていこう」

しばらくの沈黙《ちんもく》。

だが、間もなくリィドとレナは同時に顔を上げた。

そうして、目を合わせ――やがては、どちらともなく笑い出したのだった。

第三章 赫き刃と結びの宝石

maougun saikyou no ore
konkatsu shite
bishoujoyusya wo
yome ni morau

謁見《えっけん》の間は深い闇に満ちていた。

光源となるものは玉座の左右に供えられたか細い燭台《しょくだい》の炎のみ。

互《たが》いの顔すら判然としないその場所で、跪《ひざまず》いていた少女はわずかに顔を上げた。

「……それでは、先の騒動《そうどう》における犯人はやはり？」

「うむ。そのようだ」

玉座を余すほど小さな体を預け、それでも尚《なお》失わぬ威厳《いげん》のまま、相手は答える。

「もたらされた情報を総合する限り、間違いはなかろう。彼奴《きやつ》等はわらわに反するが為、そのようなことを行ったのだ」

「不敬にも程がありますね。容赦は出来かねます」

「然り。そこで汝《なんじ》には即時《そくじ》、命を下す。人間領域に潜入《せんにゅう》し、事の詳細《しょうさい》を調査せよ。場合によっては主犯を捕らえ、連行するのだ」

「……御意《ぎょい》」

短く返し、少女は続けて、偉大《いだい》なる主の名を告げた。

「必ずや良き報告をお届け致《いた》します。——魔王《まおう》アスティア様」

「うむ。先に言ったが現地には四天王筆頭であるリィド＝エスタースが先行しておる。必要とあれば、あやつの元を訪《おとず》れ協力を請《こ》うが良かろう」

「承知致しました。ですが、本当なのでしょうか？　彼がその……勇者と結婚《けっこん》した、というのは」

機密情報故、二人きりの場といえど少女が声を落とすと、アスティアは鷹揚《おうよう》に頷《うなず》く。

「うむ。奇縁《きえん》によってそのようなことにな。相手は、レナという名の少女だ。幸いにもわらわに協力的であるが故、心配はいらぬ」

「……左様ですか。魔王様がそう仰《おっしゃ》るのであれば確かなのでしょう」

いささかの不安はありつつも、少女は場を締めくくる。

「それではご命令に従い人間領域へと参ります。全てはわたくし——クロエにお任せを」

魔王はその言葉に満足したかのように、微《かす》かに見える口元を緩《ゆる》めた。

その日。レナは麓《ふもと》の街に建てられた、ある施設《しせつ》まで来ていた。

数日前、リィドの方から自分の意志で抱き締めてくれた——。

そうせざるを得ない状況であったということはあるものの、その事実に、レナはしばらくの間、事あるごとに陶酔《とうすい》していた。

(最初みたいに遠慮《えんりょ》がちに後ろから、とかじゃなくて、わたしを助ける為に、正面からあんなに強く……なんだか、溶《と》けてしまいそうな気がしました)

このまま相手と一つになることが出来ればいいのに。

そんな夢みたいなことを、半ば本気で思ったものだ。

(はう。思い出すだけで、胸の奥の方が、きゅーってなってしまいます)

レナは熱くなる頬に両手を当て、目を瞑《つぶ》る。

正直なところ、あの場で泣きたくなってもおかしくはないほどの体験だった。どうにか耐《た》えきれた自分を大いに褒《ほ》めてやりたくなる。

だが、あれだけで終わってはならない。寧《むし》ろ始まりに過ぎないのだ。

(そうです。あのことをきっかけに、もっと、リィくんと仲良くなるんです)

そうすることで、いつか彼の方から想いを告白してくれるはずだった。

(頑張《がんば》りましょう。その為にも、何か助けになる情報を探さないと！)

目の前の小さな建物には、看板に派手な字で『冒険者《ぼうけんしゃ》ギルド支部』と書かれている。様々な情報の集まるここであれば、きっと何か良い手段が見つかるはずだ。

レナは気合を入れるように自身の両頬を叩《たた》くと、勢いよく、ギルド支部の扉を開いた。

視界の全てを、鮮《あざ》やかなまでの蒼《あお》が染め上げていた。

幻想的《げんそうてき》な風景は、まるで世界全てが同じ色で支配されてしまったかのような錯覚《さっかく》すら抱《いだ》かせる。

「わぁ……綺麗ですね……！」

隣《となり》に立ったレナが、時折吹く風に柔《やわ》らかな髪《かみ》をなびかせながら、慈しむように目を細めた。

「ああ。大したものだな」

リィドもまた腕を組みながら、頷く。

レナの家からほど近くに、ある時期だけ咲《さ》く特別な花がある。

そう聞かされて、彼女に誘《さそ》われるまま見にきた時には、それでもたかが花だろうとたかをくっていた。

しかし、なかなかどうして。こうまで見事なまでに咲き誇《ほこ》る様を見せつけられると、まさしく壮観《そうかん》としか言いようがない。

普段《ふだん》花になど興味がないリィドをすら魅入《みい》らせてしまうような力が、目の前の景色にはあった。

「すごいですよね。毎年、これを見るのが楽しみなんです。でもよかった。リィくんにも喜んでもらえて」

胸を撫で下ろしたように言うレナを、リィドが何気なく見つめた瞬間《しゅんかん》、

「ずっと……ずっと、リィくんと一緒《いっしょ》に見たかったんです。やっと来ることが出来ました」

「……え」

花々を見つめながら呟くように続けた彼女《かのじょ》の言葉に、衝撃《しょうげき》を受けた。

（ずっと一緒に見たかったって……オレと再会するより前から、この花畑を見る度に想い続けていたってことか？　つまり、レナの心にはそんなに昔からオレという存在が居た？）

もしそうであれば、レナにとってリィドは、単に幼い頃《ころ》に遊んだ友達、というだけの相手ではないことになる。でなければ、そんなに何年も待ちはしないだろう。

（い、いや、しかし、だとしてもそれは『大切な幼馴染《おさななじみ》』だからなのか『それ以上』だからなのか。どちらなんだ。それによっては踏《ふ》み込む距離《きょり》が違ってくるぞ……！）

ただ、それを確かめる為《ため》にも、多少の大胆《だいたん》な手は必要になってくるかもしれない。

ここである程度の積極性を見せることでレナの反応を探《さぐ》れば、得るものも大きくなるはずだ。

（よし。ならば、どうする？　なにかこう、レナの心を動かすような言葉を……）

なるべく今の状況に合うような、それでいてさりげないような、そんな台詞《せりふ》を口に出来れば効果を発揮するかもしれない。たとえば――。

『確かに花は綺麗だ。でも、オレにはどうにも霞《かす》んで見えるな』

『え？　どうしてですか？』

『分からない。もしかしたら……隣にお前が居るからかもな』

これか。これなのか。

リィドは妄想《もうそう》の中でレナが頬を赤らませるのを、見た。

（しかしあまりにも露骨《ろこつ》過ぎないか……？　これではオレがレナを好きだと言っているようなものだ。もう少し遠回りに……だがそれだと伝えきれないかもしれないし……！）

葛藤《かっとう》するリィドに、レナが首を傾げて来る。

「あの、リィくん？　なんだか物凄《ものすご》い顔をしていますが、大丈夫ですか？」

「……そんなことはないが」

「でも、花をまるで凶悪《きょうあく》な魔物《まもの》を見るような目で――」

「そんなことはまったくないがッ！」

レナの疑念を強引《ごういん》に断《た》ち切ると、リィドは決意した。

（いかん。いつまでも悩《なや》んでいてもレナに不審《ふしん》がられるだけだ。よし、もう少し違う表現かつ、根本的な部分は変えずに……言うぞ。言ってみせるぞ……！）

リィドは拳《こぶし》を強く握《にぎ》りしめると、レナの方を振り向いた。

「レナ。確かに花は綺麗だ」

「え？　あ、はい。そうですね」

「だがオレには……オレには、どうにも霞んで見えるな」

「霞んで？　どうしてですか？」

「分からん。もしかしたら……」

なにかないか。レナの心を射貫《いぬ》きつつ、それでいて自分の気持ちを量られないような。

そんな、完全無欠の究極的な台詞が。

リィドは四天王筆頭として培《つちか》った経験と、あらゆる難局を乗り越えてきた頭を存分に回転させた。

「もしかしたら……」

考えて考えて。考えに考え尽《つ》くし。

考え抜いて、考えはやがて一つの地点へと到達《とうたつ》し――。

ついに、リィドは告げた。

「……疲《つか》れ目《め》かもしれない」

まったく思いつかなかった。

「ええ⁉　大変じゃないですか⁉　あの、お医者さんとか……！」

「いや、いい。問題ない。だがそろそろ帰ろう。うん」

ため息交じりに言うリィドに、レナは「そ、そうですか」と素直に従う。

（ああ……オレはどうしてこう、レナが相手だと上手く事を運べないんだ）

己《おのれ》の不甲斐《ふがい》なさに落ち込みつつ、リィドはレナと共に帰路についた。

「だが、あの花々は見事だった。連れて来てくれてありがとう、レナ」

変に取り繕《つくろ》うことはやめ、素直にそう言うと、レナは嬉しそうに口元を緩める。

「本当ですか！　喜んでもらえて良かったです。では来年も……」

が、続けようとした言葉を、レナはそこで飲み込んだ。

彼女の気持ちを察し、リィドもまた、複雑な想いを抱く。

（……来年、か）

レナが勇者として覚醒するまで約二年。来年は、またここに来ることは出来るだろう。

だがその先は。そう考えると、どうしても不安が過ぎってしまうのかもしれない。

（まだ、焦《あせ》る必要はない。だがそれでも、な……）

いつまでもこのままにせず、レナとの関係を、もっと進めたい。

（その為にも、やるだけのことはやっていかないと。ちょっと格好つけた台詞を言うだけで躊躇っている場合じゃないぞ）

そう、リィドが決意を改めていると、

「……あの、リィくん？」

不意にレナから声をかけられて、リィドは振り返る。

彼女はどことなく真剣《しんけん》な眼差《まなざ》しをしたままで、再び口を開いた。

「家に帰ったら、お話しすることがあるんです。聞いてもらえますか？」

「ん？　ああ、構わないが」

「ありがとうございます。……やっぱり、わたしからどんどん進めていかないと」

最後の囁《ささや》きが聞き取れず、リィドが「え？」と訊《き》き返すと、レナは笑《え》みを浮かべたままで答える。

「いえ。なんでもありません」

その、言葉とは裏腹な含《ふく》みのある様子に、リィドは眉《まゆ》を顰《ひそ》めた。

「あの、ですね。リィくん、何か忘れていること、ありませんか？」

帰宅後。

リィドが自分で淹《い》れた紅茶を飲んでいると、レナからそう尋《たず》ねられた。

「忘れていること？　話したいことがあるっていうのは、それか？」

「はい。わたし達、結婚しているんですよね」

「ああ。そうだな」

「となれば、何か重要なことがある気がしませんか」

「重要なこと……？　さて、そんなことあったか」

リィドは紅茶を啜《すす》りながら何気なく答え——自身の胸中で続けた。

（ある。……結婚式《けっこんしき》だ）

一応、国の施設に婚姻《こんいん》届は出した為、二人は夫婦《ふうふ》と認められている。

だからわざわざ式など挙げる必要は、本来、ないはずなのだが、

（レナと一緒に結婚式を挙げたい。そう強く思っている）

いつもはそういった格式ばった場は苦手としているリィドだが、今回は別だった。

実感が欲《ほ》しいのだ。書類一枚で終わりではなく、過程を経て、本当に大好きな相手と結ばれたのだと、そう自分の中に確固としたものを残したい。

（その為にも式を是非《ぜひ》とも挙行したい。レナとの関係を進めるという意味でも、大いに効

果はあるはずだ。……が、だ。前のめりになるわけにはいかない）

そんなこととすれば、レナに『あ、リィくん、そんなにこの結婚生活に本腰《ほんごし》を入れたいのでしょうか。もしかしてわたしのことを好きなのでしょうか？』などと考えられてしまう。

もしレナがリィドのことを幼馴染以上の存在と捉《とら》えていなければ、単なる相互《そうご》利益の為の偽《ぎ》装結婚《そうけっこん》なのに、本気だと思われて引かれてしまうかもしれない。

必要に駆《か》られたとは言え、リィド自ら抱きしめたことで多少は近付いたかもしれない距離が、またも遠ざかってしまう可能性があった。

（故にオレから言うわけにはいかん……仮に言うことになったとしても、なにか不自然にならない流れが必要だ）

対応には限りなく慎重《しんちょう》さが求められる。リィドは平然としながらも、戦場さながらの警《けい》戒心《かいしん》を抱いていた。

「はい。ありますよ。結婚式です」

だが予想外にもレナがはっきりとそう口にした為、思わず紅茶を吹きかけるのを堪《こら》える。

「……あ、ああ、そうだな。結婚式をやっていない」

「ええ。やりませんか？　結婚式」

「まあ、そうだな。やっても……いいが」

まさか相手に先手を打たれるとは思っておらず、どういうつもりだ、とリィドは内心で狼狽える。だがその間にも、レナは笑みを浮《う》かべて言った。

「ですよね。だって夫婦になったのに結婚式一つ挙げてないのでは、周りから変に思われてしまいます」

「……なるほど。確かにそうだな」

理には適《かな》っている。一瞬《いっしゅん》、別の期待を抱いた自分をリィドは急いで消した。

「じゃあ、明日にでも式場を探すとするか」

「ええ。そうしましょう。それで、ですね。実は依頼《いらい》がないかなって探しに行ったギルド支部で、ある話を聞いたんです。なんでも特別な宝石があるそうでして。昔、この辺りを治めていた貴族が持っていたらしいのですが……」

レナは軽く咳払《せきばら》いして、語り始めた。

「その貴族は、宝石を集めるのが趣味《しゅみ》だったそうです。ですが、ある日手に入れた物が魔物を……【ゴースト】というものを呼び寄せる効果を持っていたらしくて、家族諸共《もろとも》殺されてしまったらしいんですね」

「ああ。宝石の中にはそういう代物《しろもの》があるとオレも聞いたことがあるな」

特定の魔物が嗅《か》ぎつける臭《にお》いを発生させているとか、どこかの魔導士《まどうし》が魔術《まじゅつ》によって永《えい》劫《ごう》的にそういった効果を植え付けたとか、理由は様々だ。

「その貴族が亡《な》くなった後も、住んでいたお城はゴーストだらけになっていて、誰《だれ》も近寄れなくなったそうなんです。でも彼《かれ》が集めた宝石はそのまま残っていて、血縁《けつえん》に当たる方が取り戻《もど》して欲しいという依頼を、ギルドに出しているそうです」

「ふむ。事情は分かった。で、特別な宝石っていうのは？」

「はい。なんでも『その紅《あか》い宝石を加工して指輪を造り、送り合った者同士は永遠の愛を手に入れる』という伝説があるものらしくて……」

「なに？」

思わず身を乗り出しかけて、すんでのところでリィドは留《とど》まった。危ない。

「……そうか。それで？」

「ええ。依頼主《いらいぬし》は『宝石を全《すべ》て取り戻してくれた人に、報酬《ほうしゅう》としてその中から一つ望むものを与《あた》える』と言っているんです」

「なるほど。つまり、依頼を解決すれば、その伝説のある宝石が手に入る、と」

「そういうこと、ですね。何人もの冒険者が挑《いど》んだものの、未だに達成できていないようで、難易度は高いみたいですが……。たとえば、そういった宝石を結婚式の指輪に使うと、喜ぶ人は喜ぶんでしょうね」

「ああ、そうだな。そうかもしれない。喜ぶ奴は喜ぶだろうな」

話が終わり、リィドは冷めかけた紅茶を啜った。レナも以前に首都で買ってきた焼き菓子を手に取って齧《かじ》る。

静寂《せいじゃく》が漂《ただよ》う中、リィドはゆっくりと息をついて、俯《うつむ》いた。

（——欲しい……ッ！）

レナに見えないよう顔を隠《かく》しながら、膝《ひざ》を叩く。なんだその宝石は。欲しいに決まっている。無茶苦茶《むちゃくちゃ》に欲しい。

（だが言えん。なぜなら現状、結婚式はあくまでも住民達に不審がられないためにやるとなっているからだ。そんな宝石を手に入れる程のことではない……！）

ふとレナを見ると、彼女はいつも通りに楚々《そそ》とした表情のまま佇《たたず》んでいる。

（言え。言うんだ、レナ。その宝石が欲しいと。そう言ってくれさえすれば、オレは一も二も無く賛成する）

だが彼女は一向に口を開かない。黙々《もくもく》と焼き菓子を咀嚼《そしゃく》しているだけだ。

（なぜ沈黙している。宝石の話をしたのはお前だ。欲しいから言ったんじゃないのか？

……いや、仮にレナが本当に周りの目を誤魔化《ごまか》す為だけに結婚式を挙げたいと思っているのであればそれは不自然だ。宝石が好きだという話も聞いたことはないし、本当にただの

四方山話《よもやまばなし》として語ったのかもしれない）

なら彼女の中で、もうそのことに関しては終わっている可能性があった。

（ならば、ここはオレから仕掛《しか》けるべき……だが、宝石を取りに行くに値する理由とはなんだ。金銭？　いや今までのオレの言動からすると不自然だ。ならば単なる収集癖《へき》……ダメだ。そんな趣味を持っているというのはあまりに唐突過ぎる。他に手段はあるか……!?）

リイドは状況《じょうきょう》を打開すべく、今まで難事を潜《くぐ》り抜《ぬ》けて来た灰色の脳味噌《のうみそ》を、高速で回転させていた。

が――その時。背後で、家の扉を叩く音がする。

「……なんだ？　客か？」

珍《めずら》しいこともあるものだと、立ち上がろうとするレナを制して、リイドは自分が出ることにした。

「誰だ。何か用か？」

扉のノブを握って開けると――そこには意外な人物がいた。

「よっ。久しぶりね、リイド」

女だ。年《とし》の頃はリイドと同じ程度。頭から外套《がいとう》のフードを被《かぶ》っているが、陽光に照らされて輝《かがや》く、銀色の短い髪が覗《のぞ》いていた。吊《つ》りがちの目に宿るのは、鮮血《せんけつ》を思わせるような紅い瞳《ひとみ》。

その顔を見て、リィドは素直に驚いた。

「……クロエ？　お前、どうしてここに」

「いや、ちょっと魔王様から仕事を受けてこっちまで来ていて。あなたも居るって聞いていたから、ちょっと頼《たの》みたいことがあってね」

「頼みたいことって、オレも任務中なんだが」

「うん。知ってる。魔王様から全部、教えてもらったから。……そっちの子が勇者？」

クロエはリィドの後ろを覗き込みながら言った。振り返るとレナが立っている。気になってやってきたのだろう。

「ああ。レナだ。レナ、こいつはクロエ＝ハーフ。オレの同僚《どうりょう》だ」

「リィくんの同僚？　ということは……魔王軍の人ですか？」

「そうなる。加えてクロエは――オレと同じで、四天王だ」

「やっほー。【赫《あか》き刃《やいば》】ことクロエです」

リィドが一歩、横に移動すると前に出て来たレナに、クロエは手を振った。

「初めまして、レナです」

「ふうん。魔王様の情報にはあったけど……すごく可愛《かわい》い以外は普通《ふつう》の女の子に見えるわね。本当に勇者の力を持ってるの？」

「ああ。オレが直にこの目で見た。間違《まちが》いない」

頷いたリィドにクロエは「あ、そう」と簡潔に答える。特段、深く疑っていたわけではないらしい。

「リィくん。もしかしてこの女性が以前に言っていた方ですか？　気が強くてなんでも噛《か》みついてくると――」

「おい、お前」

余計なことを、と止めようとしたが、時は既《すで》に遅《おそ》かったようだ。

「へえええええ。あなた、あたしのことそんな風に思ってたわけ」

にこにこしていたクロエの顔が一変、眉を吊り上げ、鋭《するど》く睨《にら》み付けてくる。

「まあな。別に外れてもいないだろ」

「むう。失敬ね。野良犬《のらいぬ》じゃないんだから、あたしだって噛みつく相手くらい選ぶわよ」

「じゃあオレにはなんできゃんきゃん言って来ていた」

「あなたが人間の癖に四天王入りして生意気だったからよ」

「別に生意気にしていたつもりはないが」

「あたしの主観よ!!」

堂々と言うことではない。リィドが呆《あき》れていると、レナが小首を傾《かし》げる。

「人間の癖にって……クロエさんは、違うんですか?」

「ああ。そうそう。あたしは魔族なの」

言ってクロエはフードをとった。すると、銀髪《ぎんぱつ》に隠れて、尖《とが》った耳が見える。

「人間に見つかると不味《まず》いから変装していたってわけ。恐《こわ》い?」

「……いいえ。少し驚きましたけど」

わずかに戸惑いながらも平然とするレナに、クロエは「ふぅん」と感心したように言った。

「さすがリィドの幼馴染。大概《たいがい》の人間は魔族って聞くだけで逃《に》げ出すものだけど。肝《きも》が据《す》わってるわね」

「それよりもお前、わざわざ人間の領域まで来て、どうかしたのか」

本題に入ろうとするリィドに、クロエは「ああ、そうね」と話を切り替《か》えた。

「実はちょっと困ったことになっていてね……少し前だけど、魔王城の倉庫から【魔王の宝具】が盗《ぬす》まれたのよ」

リィドによって家の内部に案内されながら、クロエは喋《しゃべ》り始める。

「まおうのほうぐ、とはなんですか？」

「魔王様が歴代の勇者に対抗《たいこう》する為に研究、開発してきた兵器の総称《そうしょう》よ。魔力《まりょく》を使うことで様々な効果を発揮するの」

　クロエの説明にレナは「へぇ」と目を瞬《まばた》かせた。

「アスティア様ご自身が作ったことはないが、念《ねん》の為、今回の遠征《えんせい》に備えて先代の作品をいくつか持ってきて、厳重に保管していたんだ。……しかし、ならば以前にオレが魔王様にお届けした物は、やはり【魔王の宝具】だったのか」

　二つしかない席の一つをクロエに勧《すす》め、リィド自身は立ったまま壁《かべ》にもたれかかる。

（レナと初めて街へ行った時に倒《たお》したローブ姿の集団。奴等《やつ》の一人が使っていた腕輪《うでわ》に見覚えがあった為、もしやと思っていたが……）

　どうやら、予感は的中したようだ。

「しかし、盗まれた、とはどういうことだ？」

「どういうこともなにも、そのままの意味よ。管理役にある奴が失敬して魔王城からとんずらしたの」

　大胆なことをする者が居たものだ。リィドは呆れ半分感心半分の気持ちで言った。

「オレが捕《と》らえたローブ姿の集団。あいつらは魔王様に対し反抗《はんこう》するようなことを言っていたが、その犯人が宝具を奴らに渡《わた》したということか」

「そういうこと。捕縛《ほばく》した犯人達を取り調べたんだけどね。どうもアスティア様があなたに話した計画の一部が漏《も》れていて、そのことを知った奴等が、やり方に反発して組織を作ったらしいのよ。それで魔王領域を抜け出し、人間側に潜伏《せんぷく》したみたい」

クロエはリィドに答えながら、ちらりとレナに視線を送る。

「奴らの目的は、勇者を探し出して、覚醒《かくせい》前にその命を奪《うば》うこと。そうすれば平和的解決などしなくても、自分達の手で、思うまま人間の世界を支配出来るだろうって」

「……頭が悪過ぎる」

それが出来ないからこそ、リィドはレナと婚姻関係を結んだのだ。

「それにそんなこと、仮に出来たところで魔王様が許すわけないだろう」

そもそもがアスティア自身、勇者とは関係なく、もはや世界統一を望んでいないのだ。

仮にレナが居なくなったところで、やることは変わらない。

「その辺りが分かってない、というより、伝わってないみたいね。奴らは魔王様が勇者の力を恐《おそ》れていて、ある程度の侵略《しんりゃく》を終えたら元の世界に帰ろうと考えている、という風に捉えているみたい」

「まあ……先代までの魔王様に鑑《かんが》みると、そう解釈《かいしゃく》するのも無理はないか」

まさか奴等もアスティアが『飽《あ》きたから世界侵略とかもうやる気はない』と言ったとは思うまい。

「あの。では、宝具を盗んだ犯人は、その組織の一人だった、ということですか？」

リィドとクロエの話を黙《だま》って聞いていたレナが、そこで手を挙げた。

「それが分からないのよ。レナの言うみたいに組織の一員で、その戦力確保として盗んだのか。それとも全然関係なくて、単に金目当てで失敬した奴が、連中から取引を求められて渡しただけなのか」

「……捕縛した人達からは、何も聞けていないんですか？」

「今のところはね。尋問《じんもん》にかけているけど、自分達の組織の目的を話した以外はだんまりを決《き》め込んでるわ。だからあたしが魔王様に命じられて、現地調査に来たんだけど」

「盗んだ犯人を捕らえて、背後関係を吐《は》かせようということか？」

リィドの問いかけにクロエは「そういうこと」と頷いた。

「組織の詳細を探るとか、奴らに渡った宝具の回収とか、他にやることはあるんだけどね。ひとまずは、素性《すじょう》の分かっている犯人を確保するのを優先するつもり。隠れてる場所は把《は》握《あく》してるしね」

「ほう。もうか。さすがクロエだな」

「ありがと。でも問題があってね……。犯人が人間側の領域に逃亡《とうぼう》して、ある廃城《はいじょう》に逃げ込んだという情報は掴《つか》んだの。ただ、その城、やたらと魔物が棲《す》みついているのよ」

クロエの話に、リィドはどこかで聞いたことがあるなと眉間《みけん》に皺《しわ》を寄せた。

「しかも犯人は宝具を使って、魔物を操《あやつ》り、護衛にしている。さすがに一人じゃ手に余るから、あなたに手伝ってもらおうと思って来たってわけ」

「魔物を操るって、そんな宝具があるんですか」

レナの質問に、クロエは彼女の方を向いて頷く。

「ええ。そこまで細かく使役《しえき》できるわけじゃないけど、たとえば獲物《えもの》を意識的に定めて襲《おそ》わせるとか、単純な行動目的を設定するとか、そういうことは出来るわ」

対勇者用に魔物を使おうとして生み出されたものだと、リィドも聞いていた。尤《もっと》も相手が相手だけに大した成果は上げられなかったようだが。

「その廃城っていうのはどこにあるんだ？」

「えーと。ここから、そうね、馬車で三日ほど行ったところにあるわ。なんでも元々は宝石を集める趣味のある貴族が住んでいたとか」

「え——それって、わたしがギルドで聞き漁《あさ》った話に出てくる人です！」

机に手をつき勢いよく立ち上がるレナに、リィドは眉を顰めた。

「聞き漁った？」

「……そんなこと言ってませんよ。聞き間違えでは？」

怪訝《けげん》な顔を作るリィドに、レナはごく自然な笑みを浮かべる。その仕草にうっかり騙《だま》されそうになるが、リィドの耳は、確かに捉えていた。

（……もしや、レナも指輪に使うその宝石が欲しかったのか？）

が、証拠《しょうこ》がない以上、この場で追及《ついきゅう》したところでかわされてしまうだろう。非常に気になるところではあるものの、一旦《いったん》は流すことにした。

「なに。レナ、知ってるの？」

「ええ、まあ、そうですね」

曖昧《あいまい》に頷くレナにクロエは「ふぅん？」としばらく首を傾げていたものの、やがてはリィドの方へと向き直った。

「まあ、リィドにはリィドの任務があるわけだし、無理にとは言わないわよ。念の為に手伝ってもらおうと思っていただけで、あたし一人でもどうにか出来るかも」

「――いや。手伝わせてくれ」

リィドは有無《うむ》を言わせぬ調子で言った。

千載一遇《せんざいいちぐう》とはこのことだ。これで城を探索《たんさく》し宝石を手に入れる大義名分が出来る。

「え？　ええ。それは、ありがたいけど……」

つい混じってしまった圧を感じ取ったのか、クロエは当惑《とうわく》する様子を見せた。

だが、そこにレナが続き、

「わたしもやらせて頂きますね、クロエさん」

そう意気込《いきご》んで言ったため――。

リィドとレナを見比べて、クロエは訳が分からないといった顔で呟《つぶや》いた。

「いや……まあ、じゃあ、お願いします」


クロエの言っていた城にリィド達が辿《たど》り着いたのは、きっかり三日ほど後のことだった。

近くの村で宿をとり朝早く出て来た為、昇《のぼ》り始めた太陽の柔らかな光が、巨大《きょだい》な建造物を照らし出している。

石造りの堅牢《けんろう》な城はしかし、長い年月の経過を表すようにあちこちが朽《く》ちていた。

建物を囲う壁も大半が崩《くず》れてしまっており、かつては厳然として侵入者《しんにゅうしゃ》を拒《こば》んでいたであろう鉄門も、今は錆《さ》びついて倒れている。

雑草が生え放題になった庭を進むと、リィド達を迎《むか》えたのは見上げるほどの規模を持つ入り口の扉《とびら》だった。押《お》すと、強い抵抗《ていこう》感を覚える。

「ん。レナの話だと何人もの冒険者が手に入れようと挑んだってことだが、鍵《かぎ》がかかっているぞ」

「もしかしたら隠れている犯人がやったのかもしれないわね」

「わたしの力で吹《ふ》き飛ばしましょうか？」

レナの提案にリィドは首を振《ふ》った。

「あまり派手にやると犯人に気づかれる可能性があるからな……」

「どいて、リィド。この程度ならあたしの魔術で簡単に開けられるわ」

クロエに手を振られてリィドが退くと、彼女は扉を前にして羽織っていた外套を開いた。

その内側には、びっしりと小さなガラス瓶《びん》が革紐《かわひも》によって縫《ぬ》い付けられている。

その内の一つをとって、クロエは木製の蓋《ふた》を開けた。間もなく彼女が目を閉じると、その身から、黒い粒子《りゅうし》が迸《ほとばし》る。魔力の顕現《けんげん》だ。

「クロエさんは、なにをするおつもりなんですか？」

興味深げに観察しているレナにリィドは言った。

「クロエの得意としている固有魔術は『水』に属するものでな。血を自在に操るんだよ」

「へえ。では、あの瓶の中に入っているのも血ですか？　でも魔力で生み出せばいいのでは？」

「ああ、知らないか。魔族はオレ達人間と同じで魔力を持ち、魔術を操るが、一つだけ違う点がある。固有魔術を行使する際になんらかの媒介《ばいかい》が必要となるんだ」

火であれば実際に熾《おこ》さなくてはならないし、土であればその魔術に合った土壌《どじょう》や石などが必要になる。

固有魔術に関して言えば人間と違って不便なところはあるものの、その代わり魔族達は総じて蓄積できる魔力量が格段に多い。固有以外の魔術であっても発揮できる威力は相当なものだった。アスティアが勇者さえいなければ侵攻《しんこう》は容易だというのはこの為だ。

基本的に、魔族は人間よりずっと魔術に対して優《すぐ》れた才能を持っているのである。

「自分の血でも出来るが、それだといちいち傷をつけなきゃいけなくなるからな。普段はああして色んな動物の血液を持ち歩いてるんだよ」

「なるほど。なんだか、大変そうですね」

確かに、外套の内側に大量の瓶を隠しもっていては単純に重いし、移動の際、邪魔《じゃま》になりそうだ。

「そういえばクロエも以前、外套の裾《すそ》を踏《ふ》みつけて派手に転んだ時はかなり悲惨《ひさん》なことに」

「リィド！　余計なこと思い出さないの！」

顔を赤くしたクロエから叱咤《しった》され、リィドは「悪い」と両手を上げた。

「まったくもう。さっさとやるわよ。……【形成されよ、紅潔《こうけつ》なる純の魂《たましい》】」

リィドのように魔力を望む形に変換《へんかん》する為に必要な言葉を、クロエが唱える。すると彼女が手に持っていた瓶が震《ふる》え、内部に閉《と》じ込められていた血が意志を持つように抜け出ると空中に浮かんだ。

「【我《わ》が意に沿いてその身を変えよ。汝《なんじ》の名は――封印《ふういん》を解きしもの】」

クロエが命じると血は不規則な動きを見せた。まるで粘土《ねんど》をこねるようにしてぐにゃぐにゃと曲がり、間もなくある形をとる。

扉についた鍵穴《かぎあな》と同程度の大きさを持つ鍵だった。

「すごいです、クロエさん。とっても格好《かっこ》いいですね」

レナが感心したように言うのに、彼女を振り向いたクロエは苦笑《くしょう》した。

「光の勇者に自分の魔術を褒められるとは思っていなかったわ」

彼女は血の鍵を手に取って、鍵穴へと差し込んだ。

「あれ、でも、錠前《じょうまえ》に合う鍵じゃないと開かないのではないですか？」

「心配いらない。あれは差した錠《じょう》の内部構造に合わせて形状を変える」

リィドが言っている内に、扉が軽い音を立てた。

クロエが押すと、ゆっくりと開いていく。

「随分《ずいぶん》と便利なものですね。さしずめ、クロエさんは優秀《ゆうしゅう》な鍵屋さんといったところでしょうか」

「いや鍵作るのが専門じゃないから。本来は戦闘《せんとう》用なのよ。血で人形の兵士を作って使役したりとか、武器を作ったりとか」

言ってクロエが指を振ると、鍵と化していた血は瞬《また》く間《ま》に真紅《しんく》のナイフへと姿を変えた。

「そうでしたか。では、クロエさんは優秀な何でも屋さんですね」

「……間違ってはないんだけどどうにも腑《ふ》に落ちないわね。なにこの気持ち」

クロエは複雑そうに呟いて、城の内部へと足を踏み入れた。

リイドが彼女の背に続くと、初めに現れたのは広大なエントランス。前方に巨大な階段があり二階へと続いており、その左右には別室へ続く、入り口と同規模程《ほど》もある扉が設置されていた。

見上げるとくすんではいるものの、特殊《とくしゅ》な加工を施《ほどこ》すことで煌《きら》びやかな色を宿した硝子《ガラス》窓が壁に幾《いく》つも嵌《は》め込まれており、薄《うす》らと陽光を透《す》かしている。

調度品や絵画、装飾《そうしょく》の施された燭台《しょくだい》などがないのは、入り込んだ冒険者《ぼうけんしゃ》が依頼を果たせなかった腹いせに盗んでいったのかもしれなかった。

「さすが元貴族の城。大したものね」

「ああ。宝石を蒐集《しゅうしゅう》する趣味があったというのも分かる気がする。その手の嗜好《しこう》をもつ奴が建てそうな代物だ」

リィドはクロエと会話しながらエントランス中央辺りまで進んだが、そこで彼女が不意に足を止める。

「あー……そういえば、さ。この屋敷《やしき》に棲みついている魔物のことなんだけど」

「ん？　ゴーストのことか？」

「あ、うん。そう。ちょっと言いにくいんだけど……あたし、ゴーストって苦手なのよね」

「そうなんですか？　ゴーストって、どんな魔物でしたか」

レナが小首を傾げるのにリィドは解説を始めた。

「ゴーストは他と少し違っていてな。元になっているのは人間の魂なんだよ」

「たましい？　魂って、あの、死んだ時に体から抜け出るものですか？」

そうだ、とリィドは顎《あご》を引く。

創造主ルタディを信仰《しんこう》する教会の説法に曰《いわ》く。

人間は肉体と魂という二つの要素によって構成されるという。

肉体が死を迎えた時、魂は抜け、天上へと昇りルタディの御許《みもと》で安らかに過ごした後、再び地上に降りて別の人間となる。

だが罪を犯《おか》した者の魂は穢《けが》れている為《ため》に神聖なるルタディの御許に近寄ることが出来ず、永遠にこの世を彷徨《さまよ》うことになるとのことだった。

「まあ魂が本当にあるのかどうかは誰にも分からない。目に見えるものじゃないからな。ただ罪深き魂が神の許に行けず、漂っていた際に魔力の影響を受けてしまうと、ゴーストという魔物になってしまうと言われている」

「だからゴーストって、なんていうか、他と違《ちが》って妙《みよう》に人間くさいというか。怨念《おんねん》だの憎《ぞう》悪《お》だのをもろにぶつけてくるから不気味で、ぞっとするのよね」

クロエのように、ゴーストを恐がる者は多い。死んだ人間が天に逝《い》くことも生まれ変わることも出来ずに、そのことを恨《うら》みに思って襲い掛《か》かってくるということを考えると、無理のない話ではあるかもしれない。

「だからオレに手伝って欲しいって言って来たのか」

「まあ、うん。単純に魔物の数が多いってのもあるけど、それもある。あたしも戦うことは戦うけど、やっぱり一人だと不安でさ」

と、クロエが言いかけたところで、突然《とつぜん》、屋敷中に響《ひび》くような声が聞こえて来た。

――出ていけ……！

「きゃあっ！」

クロエが跳《と》び上がるのに、リィドは虚空《こくう》を睨み付ける。

「ゴーストか……！」

彼らは姿を消し、声だけを届けることが出来た。

しかも一つではない。幾つも幾つも重なって、男や女、老いたものや若いもの、全てを一緒《いっしょ》くたにしたような旋律《せんりつ》がおどろしく降りかかる。

――ここは我らの領域だ。出て行け……！

「いやああああああああ！」

悲鳴を上げると、クロエは前触《まえぶ》れなく、リィドに抱《だ》きついてきた。

「おい、お前……!?」

「やだああああああ！」

目を閉じて震えながらしがみついてくるクロエを、さすがにリィドも撥《は》ね除《の》けることは出来なかった。

その内に、ゴーストの声はやがて小さくなっていき――やがては消えていく。

「……はあ……やっといなくなった。もう、勘弁《かんべん》してよ……」

「それはこっちの台詞《せりふ》なんだが」

リィドの言葉にクロエは「え？」とそこで自分の状態に気付き、間もなく、「きゃあ！」

と声を上げて離《はな》れる。

「ちょ、ちょ、ちょっと⁉　なに破廉恥《はれんち》なことしてくれてるのよ⁉」

「あのな。やってきたのはお前の方だ」

とんだ濡《ぬ》れ衣《ぎぬ》だとリィドが反論するとクロエはようやく冷静になったのか、顔を赤くして俯いた。

「あ、そ、そうか。ごめん。ああいうの本当ダメで……」

「まあ、いきなりで驚《おどろ》いただけで、あの程度ならどうということもないが」

「……そう？　ありがと。じゃ、これからゴーストが出たらあなたに抱きつくから。よろしくね？」

「やめろ。どうしてもというなら仕方ないが、なるべく耐《た》えろ」

「ふふ。別にいいじゃない。それくらい」

「よくない。それよりも警告に従わない以上、ゴーストどもが集まってくる可能性がある。さっさと先に進むぞ」

「はーい。りょーかい」

足取りも軽く前を行くクロエに、リィドが続こうとしたその時、

「……あの、リィくん」

不意にレナの声が聞こえて振り返ると、彼女《かのじょ》はおずおずと手を挙げていた。

「実は、わたしもああいう魔物《まもの》、苦手なんです……」

「……え。そうなのか？」

「ええ、先程《さきほど》もびっくりして、動けなくなってしまって。リィくんの話を聞いた時から嫌《いや》な予感はしていたんですが、実物を見るとやっぱり恐かったです」

意外な弱点があったものだ——と感想を抱いていたリィドは、あることを思いつく。

（待てよ……。レナがゴーストを苦手としているなら、これは絶好の機会じゃないか？）

以前に聞いたことがあった。恐怖《きょうふ》が身近にあるところにおいて、人は焦りや不安の感情を恋愛《れんあい》と勘違《かんちが》いしてしまうことがあるという。そうした時、傍《そば》にいる者に対して無条件で好意を持ってしまうとのことだった。

（怯《おび》えるレナを守りながら進み、脅《おど》かそうとするゴーストを颯爽《さっそう》とオレが倒していけば、その姿に心惹《ひ》かれるかもしれない……）

ありありと想像できた。次々と襲い掛かってくるゴーストを魔術によって撃退《げきたい》し、「大《だい》丈夫《じょうぶ》か？」と声をかけるリィドに、頬《ほお》を染めて「ありがとう」と言ってくるレナの姿を。

（——いける——）

確信し、リィドは、咳払いした。

「あー……そういうことなら仕方ない。レナ、オレから離れるな。お前の代わりに、オレがゴーストを退けてやる」

するとレナは、予想通り、ぱっと顔を輝かせる。

「本当ですか……？　さすがリィくん。助かります！」

駆け寄ってくると、遠慮《えんりょ》がちに、手を差し出してくる。

「あの。腕《うで》に掴まっても、いいですか？」

「……ああ」

少々、照れくさいものはあるが、接触吸収《せつしょく》によって魔力も貯蓄《ちょちく》できるし、拒否《きょひ》する理由もなかった。リィドが腕を差し出すと、レナはそっと手を絡《から》めて寄り添《そ》ってくる。

抱きしめた時よりは軽いが、手を繋《つな》いだ時より彼女の存在を身近に思え――リィドは熱くなった頬を見られないように、そっと目を逸《そ》らした。

「その、よろしくお願いします、ね？」

だが、レナの声に視線を戻すと、彼女は少し怯えたように見上げてくる。

普段《ふだん》と違って弱々しく見える幼馴染《おさななじみ》に頼《たよ》られているという実感も湧《わ》き、リィドはこの上なく力強く答えた。

「ああ、任せておけ」

レナは控《ひか》えめに頷《うなず》くと、小さな笑《え》みと共に、リィドの腕に頬を寄せてくる。

「……ふぅん……」

その時、リィド達の様子を眺《なが》めていたクロエが、意味ありげに小さく漏らした。

「ん、なんだ。どうかしたか」

だが眉《まゆ》を顰《ひそ》めるリィドに対し、クロエは首を横に振るだけだ。

「んーん。別に。さ、先に行きましょう」

「ああ。宝石はどこにあるんだ？」

「ギルドで聞いたところによると、二階の奥《おく》みたいです」

レナの助言に頷いて、リィドは彼女を伴《ともな》ったまま進み始めた。

階段を上がり、大扉を開けた先は、広く長い廊下《ろうか》が延《の》びている。左右には閉じられた扉が幾つもあった。薄暗《うすぐら》い中を進んでいくと――やがて、小さな音を立てて光が灯《とも》る。

「ひゃあっ⁉」

クロエが体を竦《すく》ませていると、その光――廊下の壁に設置された燭台に次々と、誰も居ないのに火が点《つ》いていった。

――愚《おろ》か者が……

――我らの領域に踏み込《こ》むとは……

──その愚かさを身をもって知るがよい……

木霊《こだま》するように響く声に、レナが恐れて、リィドの腕を掴む手に力を込めた。

リィドは安心させる為、昔よくそうしていたように、彼女の背を撫《な》でる。

「リィくん……ありがとうございます」

微笑《ほほえ》みと共に頬を染めるレナがあまりに愛らしく、リィドは心のずっと奥にある何かを掴まれた気がして、再び体温が上がるのを感じた。

だがそんな中。虚空から、何かが出現する。

目の前だけでなく、壁すらもすり抜けて姿を見せた複数のそれは、まるで白く濁《にご》る靄《もや》のようで──しかし間もなく、人間の形をとる。

老若男女《ろうにゃくなんにょ》それぞれに違うものの、総じて下半身は掻《か》き消えており、血まみれになった顔面は爛《ただ》れ、眼球が失われていた。暗く覗いた穴は、どこまでも深く、見つめているだけで取り込まれそうになる。そして、

──死ねえええええええええええええ！

集団となったゴーストが、ありえない程に口を広げ、絶叫《ぜっきょう》したまま襲い掛かって来た。

「いやあああああああああああああああ！」

クロエが涙目《なみだめ》になってしゃがみこむ。レナもまた、目の前の現実から逃《のが》れるように、リ

イドの腕に顔を埋《うず》めた。

「ちっ……鬱陶《うっとう》しい」

殺到《さっとう》してくるゴーストの集団に対し、リィドは魔術を行使しようとする。

だが――その直後。

――グオォオオオオオオオオオオオオオオ‼

突如《とつじょ》として、全てのゴーストがおぞましい声を上げて弾《はじ》かれた。彼らは揃《そろ》って廊下の奥へと引いていく。

――眩《まぶ》しい……痛い……痛いいいいいいいいい！

先程までの勢いが嘘《うそ》であったかのように情けない悲鳴と共に、ゴースト達はそのまま去っていった。

「……え？　なにが起こったの？」

きょとんとするクロエ。リィドもまた現状を把握できなかったが――やがてあることに気付いて、レナを振り向いた。

「……そうか。レナがいるせいだ」

「わたし、ですか？」

当惑したまま自身を指差すレナに、リィドは頷く。

「さっきも説明したが、ゴーストは罪を犯し魂が穢れてしまったが故に神《かみ》に近付けず、世を彷徨うことになってしまった者が変化した魔物だ。オレの推察だが、神の持つ力にはそうした存在を寄せ付けない効果があるのかもしれない」

「ええ。そうかもしれません。でも、それがどうかしたんですか？」

「レナ、お前の持つ力はルタディが与《あた》えたものだ。だから――あいつらは光の属性を授《さず》かったお前に近付くことすら出来ないんだよ」

それこそ、傍に寄るだけで存在が消え去ってしまうような、そんな強烈《きょうれつ》な威力を持つのかもしれなかった。

「え……では、わたしがいればゴーストはこっちを襲えないということですか？」

「まあ、そういうことになるな。さすが勇者というべきか」

こうなると人間の魂が魔力の影響を受けてゴーストになるという説も、あながち間違っていないのかもしれない。

（それにしても……これじゃせっかくの計画が台無しだ）

せっかくレナの気持ちを惹きつけることが出来る機会だったというのに。

そう、リイドが悔《くや》しがっていると、

「……そうなんですか」

レナは小さく答えて、俯《うつむ》いた。

そんな彼女を、何故《なぜ》かクロエはじっと見つめている。

「まあ、ゴーストが邪魔して来ないならそれでいい。とっとと宝石を見つけるぞ」

歩き出そうとしたリィドに、クロエが指摘《してき》してきた。

「ねえ。ゴーストが近付いてこられないなら、もう彼女と腕組まなくていいんじゃない？」

「……。それもそうだな」

余計なことに気付いてくれる――とクロエに恨みを抱きつつも、リィドはレナを見る。

「どうする。まだ恐いか？」

「あ……いいえ。もう、大丈夫です」

レナは言って、そっと指先を放した。

名残惜《なごりお》しさはあるが、無理に続けるわけにもいかない。

リィドは密《ひそ》かに嘆息《たんそく》すると、探索を再開することにした。

（ああ、せっかく上手《うま》くいきそうだったのに……！）

リィドの背を追って歩きながら、レナは大いに落胆《らくたん》していた。

（せっかくリィくんと腕を組むことが出来たのに。あのまま続けていれば、もう少し意識

させて、仲が進展していたかもしれないのに)

せっかくの目論見《もくろみ》が、勇者の力のせいで台無しである。

以前は感謝した創造主ルタディに、レナは憎《にく》しみを抱きそうになった。

(せっかくの他に無い機会なんだし、違う方法はないですかね……)

リィドにくっつくことの出来る合理的な理由を探し求め、レナは唸《うな》る。

そんな折、不意に声をかけられた。

「ねえ、レナ。ちょっといいかしら」

いつの間にか、クロエがすぐ隣《となり》を歩いている。

「え? はい。なんですか?」

「うん。質問なんだけどね。あなた——リィドのこと、好きでしょ?」

あまりにも見事な不意打ちを喰《く》らってしまい、レナは思わず息が詰《つ》まった。

だが、すぐに態勢を立て直し、いつも通りに笑みを浮《う》かべる。

「どうしたんですか? いきなり。違いますよ」

「隠《かく》してもダーメ。あの鈍《にぶ》い男は騙せても、あたしには通じないわ。あなた、本当はゴーストなんて苦手でもなんでもないのよね?」

——どこだ。どこでバレてしまったのだ。

レナは自らの失態を探《さぐ》るために回想し始めたが、その間にもクロエは続けた。

「見たところ、リィドに異性として意識してもらう為にこの状況《じょうきょう》を利用することにした、とか……違う？　可愛い顔して随分な策士なのね」

囁《ささや》くような彼女の声は、リィドに届いてはいないようだ。だがそれでもレナは、内心でひやひやしていた。

「あの……別に、そういうわけでは……」

「……へぇ。違うんだ？」

「ええ。誤解させてしまって申し訳ありませんが、わたしはリィくんのことを幼馴染以上には見ていませんよ？」

どこで暴露《ばくろ》されるか分からない以上、リィド以外の人間にも、自らの本心を知られるわけにはいかない。

固い決意の下、レナが表情を取り繕《つくろ》っていると、クロエはその切れ長の双眸《そうぼう》を細めた。

「あ、そう。分かった。なら、試《ため》してあげる」

「……え？」

きょとん、としていると、クロエは足取り軽く前に進んだ。

「ねえ、リィド。あたしとあなたの付き合いもそこそこ長いわよね」

突然に話を持ち掛けられて、リィドはやや面食らっているようだったが、やがては頷く。

「ああ、そうだな。オレが魔王軍《まおう》に入ってからだから……二、三年くらいか」

「そうそう。最初は人間の癖《くせ》に魔族《ま》を少しも恐れないし、生意気だし、調子に乗っているだけかと思ったら本当に強いし……すごく気に入らなかったわ」

「大方そんなことだろうと思っていたが、口に出して言われると思うところはあるな」

「ええ。でも……まあ、段々と、あなたを認め始める自分がいた。力だけでなく部下の統《とう》率《そつ》も出来ていたしね」

「……貧民街で育っていた時、自分より年下の奴の面倒《めんどう》を見たりしていたからな」

確かにリィドは昔そんなことをしていた、とレナは思い出した。自分も一緒になって世話をした記憶《きおく》がある。

部下の管理とは別の問題かもしれないが、一緒くたにするのでなく、それぞれを個別に見て適切な対応をとるという意味では、似たところはある。

「そうしたら、わだかまりを持っているのも馬鹿《ばか》らしくなってきて。ちゃんと話してみたら、その、結構良いヤツだったし？　仲良くするのも悪くない気がしてきたのよ」

が、そんなことを考えている場合ではなかった。

クロエのリィドに対する態度が、明らかに変わってきている。

「そこから二人で色々と経験したわよね。休みの時とか城下町に出かけて食事したり、お祭りを見に行ったり。ああ、そう、流星雨が降るからって夜に空をずっと見上げていたこともあったっけ。二人きりで。あれは他の人が見たらどう思ったかしら」

「……ああ、まあ、そんなことも……あったな？」

「あとは魔王城で行われた舞踏会《ぶとうかい》、魔王様に言われて参加させられたリィドが、踊《おど》ったことなんてないって言ったから、あたしが先導して……いつも冷静なあなたが慣れないことをしてぎこちない動きをしているの、結構可愛《かわい》かったわよ。全部終わった後、周りが拍手《はくしゅ》してお似合いだとか言われて、さすがに照れちゃったけど」

「そうか。面倒をかけたな」

急に思い出話を始めたクロエに、リィドは少し戸惑《とまど》うような素振《そぶ》りを見せていた。

ただそれは、レナも同じことだ。先程、彼女は試すと言っていた。なにを試すつもりなのだろうか。

「後は魔王様の領地内に侵入《しんにゅう》した魔物退治。レッドドラゴン相手に不意打ちで襲われそうになった時、あたしを抱きしめながら回避《かいひ》して。真剣《しんけん》な顔をして、大丈夫か、なんて言って来た時のあなたは……結構、悪くなかったわよ」

しかし、クロエの真意が気になる一方で、レナは少しずつ湧《わ》き上がりつつある感情を自覚していた。
クロエが過去のことを語る度、それは己《おのれ》の内で大きく膨《ふく》れ上がっていく。
たとえるならば、炎《ほのお》。だが煌々《こうこう》と燃え盛り夜を照らす、眩《まばゆ》いものではない。
寧《むし》ろどす黒く、辺りに更《さら》なる濃《こ》い闇《やみ》をもたらすかのような、禍々《まがまが》しいもの。
（……やめて。それ以上、喋《しゃべ》らないで）
頭では理解していた。リィドと別れてから十年も経《た》つ。
自分には自分の、彼《かれ》には彼の人生があった。共有できない記憶があるのは仕方ない。
だが、それでも。理屈《りくつ》でない部分で、レナは激しい抵抗感を覚えていた。
（わたしの知らないリィくんのこと、話さないで……！）
まるですぐ近くにあったものが、遠く離れていってしまうかのような。
そんな、寂寥《せきりょう》とした想《おも》いに囚《とら》われてしまう。
「そういえば、魔王様からの任務と言えばもう一つ――」
「へえ。リィくんとクロエさんって、本当に仲良しなんですね！」
つい、口を出してしまった。クロエの話を遮《さえぎ》る為に、大きな声で。
「いいですね。わたしは、小さい頃《ころ》のリィくんしか知りませんから」
レナは作り笑いを浮かべたまま、無理をして軽快な足取りを装い、リィド達《たち》の前を歩いていく。

が――次の瞬間《しゅんかん》、何も無いところで転んで倒《たお》れてしまった。硬《かた》い床《ゆか》に顔面をぶつけてしまい、目の前に火花が散る。

「おい、大丈夫か」

急いで駆《か》け寄ってきたリィドに、レナは鼻の頭を押さえながら立ち上がった。

「は、はい。なんともありません。少し痛いですけど……きゃあっ!?」

笑って再び進もうとした彼女は、しかし目の前にある壁《かべ》に衝突《しょうとつ》する。

「なんだ。お前が不器用なのは知っているが、少しおかしいぞ」

リィドが眉を顰めると、レナは「すみません。廊下が暗くて……」と言い訳した。

「気を付けろよ。問題がないか、オレが先行して調べるから」

言って、リィドは先を進み始めた。

(はあ……やってしまいました)

上手く誤魔化《ごまか》せたと思っていたのだが、想像以上に動揺《どうよう》していたようだ。

レナは反省していたが、

「やっぱりそうだ。あなた、リィドのことが好きなのね」

耳元にクロエが囁きかけて来た為、反射的に体を竦ませてしまった。

「……ですから、違いますよ」

急いで取り繕うも、彼女は全《すべ》てを見透《みす》かしたような顔で、

「そう？　でもさっき、あなた、嫉妬《しっと》していたわよね。あたしがあいつとの思い出を話し始めたら」

「していません。勘違いですよ」

「またまた。それなら、もっと語っちゃおうかなー」

「やめてください……っ！」

しまった、とレナは己の迂闊《うかつ》さを悟《さと》ったが、もう遅《おそ》い。頭で考えるより先に、気持ちが口から飛び出てしまった。

「……ほら、見なさい」

クロエから指摘され、抑《おさ》えようとしても、頬が熱くなっていく。恐《おそ》らく今の自分は、首筋まで真っ赤に染まっていることだろう。

「……はう」

思わず両手で顔を覆《おお》って、その場に蹲《うずくま》ってしまった。

（バレてしまいました。リィくんの同僚《どうりょう》さんに。これは不味《まず》いです……）

今まで必死に隠していたのに。どうすればいいのだろう。

打開策を編み出そうとするも、混乱の最中にあってはまるで上手くいかなかった。

もし彼女の口からリィドに伝わってしまえば――その時点で終わりだ。

（はわ……はわわ……はわわわわわわわわわわ）

表向きのレナは微動《びどう》だにしていなかったが、胸中のレナはあたふたと走り回っていた。

「ま、だからといって別にあいつに言うつもりはないけどね」

が、そこでクロエが思ってもみない発言をした為、「え？」と視線を上げる。

彼女はレナに対し、どこか悪戯《いたずら》っ子のような笑みを浮かべていた。

「許可も得ずに女の子の気持ちを男に告げ口するほど、あたしはろくでなしじゃないわよ」

「……本当ですか？」

「ええ。だから一応、確認《かくにん》しておくけど。あなた、リィドのことが好きなのよね？」

「…………。はい」

認めて、口に出した途端《とたん》、レナは思わず自分の体を抱きしめてしまった。想像以上に恥《は》ずかしく、耐え切れなくなったのだ。

好きな人のことを、好きだとはっきり形にすることが、これほど凄《すご》いことだとは思っていなかった。

「うう……言っちゃいました」

燃え上がりそうになる気持ちを必死で宥《なだ》めようと、レナは深呼吸を繰《く》り返す。

「レナ、あなた……」

クロエはぽつりと呟いた後で、近付いてくると、

「超可愛いわね、ほんと」

レナを、抱きしめてくる。

「え？　あの、クロエさん？」

「ああ、もう。あなたみたいな子をあんな朴念仁《ぼくねんじん》に……って思うけど。他人が口を挟《はさ》むこともないわね。頑張《がんば》りなさい」

「は、はい。でも、リィくんはわたしのこと、幼馴染としか思っていないみたいで」

「そこは、これからのあなた次第《しだい》でしょう。あたしも出来ることはしてあげるから。やるだけやってみなさいな」

「本当、ですか？　ありがとうございます……！」

思わぬところで味方を得たものだ。先ほどまで消え去ったと思っていた道が、天から光が降り注ぎ、再び浮かび上がったような気すらした。

「ええ。だからあたしにバレたとしても、何も心配しなくていいわよ」

優《やさ》しくクロエに肩《かた》を抱かれながら、レナは立ち上がる。良かった。本当に良かった。そ

う、心から安堵《あんど》しながら。

「おい、なにしてる。この先で宝物庫へ続くらしい扉《とびら》を見つけたぞ」

「ああ、ごめん、ごめん。今行くわ」

戻《もど》って来たリィドから声をかけられ、クロエは小走りになった。

「……あの、クロエさん」

が、レナから呼ばれて彼女は足を止め、振り返る。

「クロエさんは……リィくんのこと、好きじゃないんですか？」

「なに、いきなり」

「その。先ほどの会話からして、かなり親しかったようですので」

加えて、なんとなくではあるが、クロエのリィドに対する口調には特別なものを感じた。

それはどこか、レナが彼に対して有するものと似ている気がしたのだ。

「……秘密」

「えっ……!?」

「と、言いたいところだけどね。考え過ぎよ。そんなことはないわ。心配しなさんな」

レナをからかうように目を細め、クロエは前を向いた。

「それに……あいつの心には、昔から誰《だれ》かが居た気がしたわ。他人には決して代わることのできない、大切な誰かがね。そんな奴《やつ》にどれだけ想いを寄せても無駄《むだ》だもの」

小さく言って、彼女はリィドの後を追う。

「……大切な、誰か……」

クロエの言葉を反芻《はんすう》していたレナは、ふと、気付いた。

その【誰か】がレナでないのなら、なぜ、クロエは『頑張れ』と言ったのかと。

(もしかして、リィくんも……)

いや、と。そこで、レナは考えるのをやめた。

あくまでも、クロエがそう感じただけの話だ。確証はない。

それにリィドの好むであろう対象に、今の自分が入っていないことは知っていた。

単に、幼馴染という立場で距離《きょり》は近いのだから、希望は捨てるなという意味で言ったのだろう。

(うん。ですよね。やっぱり違います。……でも、そうなったらいいな)

リィドの心に存在する大事な場所に、自分が居てくれたら。

どんなにか、幸せなことだろう。

(……いいえ！　ダメです。もし違ったとしても……わたし、その誰かを撥《は》ね除《の》けられるくらい、リィくんに好きになってもらうんです！)

改めて想いを新たにし――レナもまた、リィド達の元へ急いだのだった。

「ほら、見ろ。どう見てもそれっぽいだろ」

廊下の最奥《さいおう》に辿《たど》り着いたリィドは、前方を指差した。そこには他と明らかに違う鉄製の頑丈《がんじょう》な扉に、巨大《きょだい》な南京錠《なんきんじょう》がぶら下がっていた。しかも三つ。

「ふうん。なるほど。分かりやすくて結構ね。ま、やってみますか」

クロエは腕まくりをすると、魔術《まじゅつ》を発動した。血の塊《かたまり》がすぐさま、鍵《かぎ》と化す。

南京錠に差していくと、次々外していった。

リィドが扉を押《お》すと、耳障《みみざわ》りな音を鳴らしながら少しずつ開いていき――やがて、薄暗い空間が出迎《でむか》える。

埃《ほこり》っぽくだだっ広い室内には、大量の骨董品《こっとうひん》や彫像《ちょうぞう》などが置いてある。

その、更に奥の方には頑丈な箱が鎮座《ちんざ》していた。これも施錠《せじょう》されていた為にクロエの魔術で外し、蓋《ふた》を開けると――光に乏《とぼ》しい場所ながら、煌めくような輝《かがや》きが目に入る。

柔《やわ》らかな土台に、色取り取りの宝石たちが整然と並べられていた。

蒼《あお》、翠《みどり》、黄金、紫《むらさき》、黒、透明《とうめい》、そして――赤。

「あ、これですよね。ギルドで言っていた宝石」

レナは真紅を宿す石を取り上げた。噂《うわさ》を聞いていたからかもしれないが一層に強い光を放っているように思える。

「ああ。多分な。さて、思っていたより多かったが全部もっていくか」

リィドはあらかじめ用意していた鞄《かばん》に、布に包んだ宝石を纏《まと》めて入れる。本来は一つ一つ、もっと慎重《しんちょう》に扱《あつか》う必要があるのだろうが、嵩張《かさば》って移動の邪魔《じゃま》になりそうだからやめておいた。依頼《いらい》の指定に持ち運び方までは書いていない。文句を言われたら事前に注意しておけと突《つ》っ撥《ぱ》ねるだけだ。

ただしレナの持っている紅《あか》い宝石だけは、丁寧《ていねい》に一つだけ、懐《ふところ》へと仕舞《しま》った。

「これで依頼主《いらいぬし》に渡《わた》せば終わり、と。それにしても、クロエの探していた犯人だったか。全然出てこなかったな」

「そういえばそうね。この屋敷からは逃《に》げ出したのかしら」

「かもしれませんね。冒険者が大勢やってきていますから、ここにいるのは危険だと思ったのかもしれません」

レナが頷いた、その時だった。

「――嘗《な》めるなよ。人間如《ごと》きが束になってかかってきたところでおれの敵じゃない」

リィド達は反射的に入り口を振《ふ》り向く。そこには、一人の男が立っていた。耳が尖《とが》っている。魔族だ。首からは、独特な意匠《いしょう》を施《ほどこ》したネックレスを提《さ》げていた。細い鎖《くさり》の先に宝玉をはめ込んだ飾《かざ》りがついている。

「ディーズ！　やっと見つけたわ。あなた、魔王様を裏切って良いと思ってるの⁉」

クロエが問いつめると、男、ディーズは馬鹿にしたように鼻を鳴らす。

「追っ手はあなたでしたか、クロエ様。でもおれはいい加減、勇者に挑《いど》んでは敗れて尻尾《しっぽ》を巻いて逃げる、そんな茶番はこりごりなんですよ。盗《ぬす》んだ宝具を売って稼《かせ》いだ金で、こっち側で遊んで暮らした方がマシだ」

「……ならお前は魔王様に反する組織に属する者ではなく、単に遊ぶ金欲《ほ》しさで宝具を盗んで逃げた、という認識《にんしき》でいいのか？」

リィドが話しかけると、ディーズは眉を顰めた。

「あなたは……もしや、リィド様？　どうしてこんなところに……いや、それはいい。もしかして、あのローブの連中のことを言っているんですか？　ええ、その通りです。元々は奴等から交渉《こうしょう》を持ち掛けられたんですよ。宝具を盗んで渡してくれれば多額の報酬《ほうしゅう》を払《はら》うと」

と、いうことは、組織員は人間側だけでなく魔王側の領域にも潜《ひそ》んでいるということだろう。ならば益々《ますます》、レナがアスティアの下に移り住まなくて正解だったのかもしれない。

どれだけ隠したところで、人間が魔族の中に紛《まぎ》れている方が見つけやすくはある。

「……そう。なら色々と情報を聞く必要があるわね。魔王様直属四天王【赫《あか》き刃《やいば》】の名においてあなたはここで、あたしが捕《と》らえる」

外套《がいとう》を開き、クロエは内部に下げていた瓶《びん》を三つ手にとった。指先で蓋を外して、全ての中身を虚空に振りまく。

「【形成されよ、紅潔なる純の魂《たましい》。我《わ》が意に沿いてその身を変えよ。汝《なんじ》の名は、魂を引き裂《さ》きしもの】！」

蠢《うごめ》く血液が集合し一つとなり、瞬時《しゅんじ》にあるものを創《つく》り上げた。巨大な鎌《かま》だ。柄《つか》を握《にぎ》るとクロエは風を切りながら振り回し、戦いの構えをとった。

「手伝おう、クロエ。──【影《かげ》の巨狼《ろう》】」

リイドが床に手をつくと影が広がり、広い宝物庫の半分を占《し》めるような狼が立ち上がる。

「これはこれは。四天王を二人相手にするのはいささか分が悪いですね」

息をつき、額に手を当てるディーズに、クロエは吐《は》き捨てる。

「理解しているならとっとと降参しなさい。今なら半殺し程度で済ませてあげるわ」

「いいえ、しませんよ。──おれの力だけでは無理ということだけですから」

嘲《あざけ》るような笑みを浮かべるディーズが自らの首に触《ふ》れた。いや、正確にはネックレスにだ。鎖に繋がれた先端《せんたん》部分にある、どす黒い色を宿した宝玉がその時、ぼやりとした光を宿した。

「気を付けてリィド。あれが魔物を操《あやつ》る力を持つ魔王の宝具――【従えし枷《かせ》】よ！」

クロエの言った通り、途端に周囲からおぞましい声が聞こえて来た。宝物庫の入り口からだけではない。左右の壁を物ともせずに出現したゴースト達が、一斉《いっせい》に集結する。

「大した問題でもない。どうせゴーストはオレ達に近付けない。レナが居る限りはな！」

「ええ、そうです。やれるものならやってみてください」

リィドの隣に並んだレナが胸を張る。実際、無数に集まった敵はいずれも怯えるようにして一定距離から寄ってこなかった。

「ほう。どういう事情か知りませんが、妙《みょう》な力を使う……ですが、これならどうでしょうか？」

一瞬《いっしゅん》、驚きを見せたディーズだったが、すぐ様に厭《いや》らしい笑いを取り戻すと手を振りあげる。すると、浮遊《ふゆう》していたゴースト達が、一斉に中央に集まり始めた。

彼らは互《たが》いに身を寄せ合ったかと思うと、瞬《また》く間《ま》に溶《と》けるようにしてくっつき合い――。

やがては、たった一つの存在と化す。

「なに……!?」

その場に出来上がったのは、リィドの狼を超《こ》えるほどに巨大なゴーストだった。

――おおおおおおおおおおおおおおああああああああえええええええええええええええええええええええええいぎいいいいいいいいいいいいい！

脳味噌《のうみそ》を掻きまわされるような絶叫が上がる。まるで複数の人間を強引《ごういん》に一塊《ひとかたまり》にしたかのようだ。苦痛と不快と怨嗟《えんさ》が混ざり合い、屋敷《やしき》全体を震撼《しんかん》させた。

更に巨大ゴーストは移動を開始すると、何の抵抗《ていこう》もなく、リィド達に接近してくる。

「あそこまでの規模になると、レナの力は通じないのか……？」

「ひ、ひいいいいいいいいいいい！　滅茶苦茶《めちゃくちゃ》に気持ち悪いんだけど⁉」

青ざめた顔をしたクロエにリィドは発破をかける。

「しっかりしろ！　いくらでかくてもゴーストはゴーストだ。こんな奴に臆《おく》したら四天王の名折れだぞ」

それが効いたのか、硬直《こうちょく》していたクロエは正気を取り戻し、奥歯《おくば》を噛《か》み締《し》めた。

「ああ、もう！　分かったわよ！　やってやるわよ！」

大きく前に踏《ふ》み出すと、腰《こし》を限界までひねり、クロエが鎌を投擲《とうてき》する。

旋回《せんかい》する得物がゴーストの顔面を直撃《ちょくげき》した。その半分が音を立てて吹《ふ》き飛ぶ。

「それでこそクロエだ。オレも続く！」

リィドが命じると狼が咆哮《ほうこう》を上げ、疾走《しっそう》した。鋭《するど》い牙《きば》を剥《む》き出しに、ゴーストへ噛みつくと、その体を引き千切る。

——おおおおおおおおおおおおえあああああああああああああうおおおおおごおおおおおおおおおおおおおお

聞いているだけで気を失いそうな声を上げ、相手は仰《の》け反《ぞ》った。痛みを覚える様に身をよじる。

壁を抜《ぬ》けられるほど透《す》き通った体を持つゴーストに物理攻撃《こうげき》は通じないが、魔術は効果がある。とすれば所詮《しょせん》、リィド達の敵ではなかった。だが、

「その程度で敗れるほど、魔王様の宝具は弱くありませんよ？」

ディーズが哄笑《こうしょう》して再び腕を上げると、何処《どこ》からともなくゴースト達が現れる。彼らは巨大ゴーストに近付くと内部へと入り込んだ。すると、失ったはずの体が復活する。

「なによそれ、汚《きたな》いわね！」

再び鎌を作ったクロエがそれを投げ飛ばし、間髪容《かんはつい》れずに別の血液でナイフを無数に生み出してぶつけた。

リィドもまた、巨狼の他に通常の大きさの狼を創りだすと、群れにして送り出す。

それらの攻勢《こうせい》を真っ向から受けて巨大ゴーストは一気にその身を削《けず》られた。

ただ、それでも終わらない。ディーズは次々とゴーストを呼び出しては再生させていく。

「無駄だ無駄だ！　この屋敷にはうんざりするほどのゴーストが棲《す》みついている。どれだけやられても永遠に復活するぞ！」

「キリがない……」

リィドは舌打ちして、影から次の狼を形成した。しかしいつまでもこんなことを続けてはいられなかった。いずれ器に溜《た》め込まれている魔力《まりょく》も枯渇《こかつ》する。そうなれば回復まで無防備な状態を晒《さら》すしかなかった。リィド自身は二つ目の物を使えるが、それとて緊急用《きんきゅう》である上、全てを持ち出したところで通じるとは思えない。

（どうする……隙《すき》を見て逃げるか？）

それが最善の策であるように思えた。問題は唯一《ゆいいつ》の入り口にディーズが立っている以上、実現が難しいということだが――。

「……って……さいよ……」

迷っていたリィドは不意に、誰かの声を聞いた気がしてそちらを振り向いた。

レナが、顔を伏《ふ》せたままで何かを呟《つぶや》いている。

そういえば彼女《かのじょ》は先ほどからずっと黙《だま》ったままだった。更に言えば戦いに参加すらしていない。

「おい、どうした、レナ。なにかあったか⁉」

問いかけるリィドにも答えず、彼女はずっとぶつぶつと繰り言を漏《も》らしていた。

「……ったら……くださいよ……早く……ったら……」

やがて、レナはゆっくりと顔を上げた。そのまま一歩踏み出す。

「レナ⁉　危ないわよ、なにをするつもりなの⁉」

クロエが止めるがレナは聞く耳を持たず、そのまま正面を見つめた。

リィド達より先に立つ彼女を敵だと認識したのか、巨大ゴーストが迫《せま》る。

「なんのつもりだ……！」

咄嗟《とっさ》に、リィドはレナを守ろうと動いた。

――刹那《せつな》。

「巨大ゴーストとか！」

レナの身から、突如として光の奔流《ほんりゅう》が溢《あふ》れた。

「そういうのが、あるならッ‼」

煌々と宝物庫を照らすそれは、天井《てんじょう》を焦《こ》がさんばかりに荒《あ》れ狂《くる》う。

彼女は両手を掲《かか》げると、相手を鋭く睨《にら》み付けたまま、強烈な叫《さけ》びを上げた。

「そういうのがあるなら、初めからやってくださいよ――ッ‼」

無造作な、一撃《いちげき》。

単純ながら途方《とほう》もなく強烈な光の波動が、巨大ゴーストを包み込んだ──。

刹那、爆裂《ばくれつ》。

瞬《まばた》きする間もないほどにわずかな時間で、相手は粉微塵《こなみじん》に吹き飛んだ。

「なぁ……なんだとおおおおおおお⁉」

ディーズが愕然《がくぜん》となるが、直後に彼は爆発《ばくはつ》の余波に巻き込まれ背後の壁に叩《たた》きつけられた。そのまま気を失う。

「……はあ……はあ……リィくん！　ドレインを！　このままだと暴走しそうです！」

「え……ええ⁉　あ、ああ、分かった！」

呆気《あっけ》に取られていたリィドだったが、慌《あわ》てて魔術を行使した。魔力が吸収されるとレナの生み出した光の勢いは衰《おとろ》え、やがて彼女は自らの意志でそれを消す。

「まったくもう！　ちまちま隠れて見てないで、さっさと正面からやってくれれば良かったんです！　そうすればわたしもリィくんに……」

「オレに？　なんだ？」

憤懣《ふんまん》やる方ない、というように声を荒《あら》らげていたレナは、しかしリィドの質問に、はたと我に返ったような顔をした。

「――はっ⁉　あ、いえ、なんでもありません……」

　遅《おく》れて自らの失態に気付いたかのように、泰然《たいぜん》とした振る舞《ま》いを取り戻す。

　しかしそれで先程《さきほど》の事態が打ち消されるわけではない。

（もしかして、こいつ……ゴーストが苦手な振りをしていた？　オレとくっつく為《ため》に？）

　もしそうであるならば、レナもまたこの状況を利用し、リィドと距離を近づけようと画策していたことになる。

（なら、レナもオレのことを……？）

　予想外の展開に、リィドは息を呑《の》んだ。

「なあ、レナ、お前、もしかして……」

「ありがとう、レナ。あたしの為に怒《おこ》ってくれて！」

　が、真実を追求しようとしたリィドを遮り、クロエがレナに抱《だ》きついた。

「え？　クロエ、さん？」

「あたしが苦手なゴーストを纏めてやっつけられるなら、さっさと巨大なやつを出してこいってことよね、さっきの。もしそうなら、屋敷を怯《おび》えて進むこともなかったのにって」

「……あ。ええ、そういうことです。すみません。クロエさんのことを想うと、つい頭に血が上ってしまって」

きょとんしていたレナは、しかし間もなく、そう言って苦笑《くしょう》した。

「いいのよ。魔族の事情を我が事のように思ってくれるなんて、いい子ね、あなた。勇者がみんなあなたみたいな子ならいいのに」

クロエに頭を撫《な》でられて、レナは「そんなことないです」と照れくさそうにはにかんだ。

（……本当にそうなのか……？）

クロエの言い分は、やや不自然のようにも思えた。

しかし、彼女がレナを庇《かば》う理由が見当たらない。

（なんらかの方法によってクロエを味方に引き入れた？　しかしどうやって？　確かに先程、二人は何かを話していたが、それほど長い時間ではない。そんな短い間に成立する取引とは一体……）

全く読めない。戦いに於《お》いて相手の思考を読み、その一歩先を行くことは重要である。

だがリィドの経験をもってしても、まるで見抜《みぬ》くことは出来なかった。

（いや……オレの気のせいという可能性もある。寧ろそちらの方がありえる話だ）

考えることは必要だが、考え過ぎることは悪手である。

リィドは首を振り、ひとまずは問題を置いておくことにした。

「……さて。犯人も大人しくなったことだし、帰るとするか」

気持ちを切り替《か》えてリィドが告げると、レナ達は頷《うなず》いた。

「じゃあ、こいつを拘束《こうそく》するから、少し待ってて」

クロエは血によって縄《なわ》を作ると、気を失っているディーズを縛《しば》り上げた。次いで、その首から【魔王の宝具】を奪《うば》い取る。

「これで完了《かんりょう》っと。ところでリィド、ちょっとお願いがあるんだけど」

埃を払うように手を叩くと、クロエは気軽な口調で言った。

「さっきあなたが手に入れて大事そうに仕舞っていた紅い宝石、あたしにくれない？」

「……は？　どうしてだ？」

想定外の申し出に、リィドはぎょっとする。

「その宝石、指輪にして送り合った夫婦《ふうふ》や恋人《こいびと》は永遠の愛を得られるって噂のあるやつでしょ」

「どうしてその話を、お前が知っているんだ」

「犯人を捜《さが》す為に色々情報を集めていた時、聞いたのよ。今ちょうど、好きな人がいてさ。その人に贈《おく》りたいからくれないかなって」

「だがこれはギルドの依頼で手に入れたものだから、一旦《いったん》は持ち主に渡さないと……」

「その後でいいわ。報酬で一つだけ好きな宝石を貰《もら》えるのよね？　だったらそれを選択《せんたく》してちょうだい。お金は払うわ」

　こいつ、どこまで知っているのか。さしものリィドも、戦慄《せんりつ》してしまった。

　まるで、こちらの目論見を全て見抜いているかのようだ。

「いや、金の問題じゃなくてな……。この宝石は特別なもので、オレも趣味《しゅみ》で集めているんだが」

「あなたに宝石の収集癖があるなんて聞いたことないわよ。ほら。ちょうだい」

　真顔のまま迫ってくると、クロエは手を差し出してきた。

「それとも、渡せない理由でもあるの？　……誰かにあげるつもりだった、とか」

「……それは……」

　不味い。これは非常に不味い。リィドは今すぐ懐の宝石を持ったままこの城から飛びだしたい衝動《しょうどう》にかられた。

　しかしそんなことをすれば、宝石欲しさにクロエの仕事を手伝ったことが丸わかりになってしまう。それだけは避《さ》けたかった。

　と――そこでリィドは、強い眼差《まなざ》しを感じる。ふと視線を向けると、そこにはレナが何やら真剣な顔でじっとリィドを見つめていた。

　まるでその動向を逐一《ちくいち》、観察するように。

（なんだ。レナまで妙な反応を。もしや、これもレナとクロエが交渉した結果か……!?）

だとすれば目的はなんだというのか。クロエが宝石を奪取《だっしゅ》してレナが得をすることでもあるというのか。

（分からん……全く分からん。オレは今、なにと戦っているんだ……？）

動揺を悟られないように振る舞いながらも、リィドは脂汗《あぶらあせ》を掻《か》いていた。

「どうしたの？　ほら。ほら。ほーら」

急《せ》かすように指先を振るクロエは、いよいよもってリィドを追い詰《つ》めていたが――。

「……なーんて、ね。冗談《じょうだん》よ」

そこで急に手を下ろすと、踵《きびす》を返した。そのまま歩き出すと、気を失って倒れているデイーズを軽々と肩に担《かつ》ぐ。

「あたしの報酬はこれで十分。こいつには色々訊《き》きたいこともあるし､先に屋敷を出るわ」

「……そうか。分かった」

助かった。急速に脱力《だつりょく》しそうになる体をリィドは必死で立たせる。

「レナ、リィドの気持ちは大体分かったわ」

「え……？　どういうことですか？」

驚《おどろ》いたように尋《たず》ねるレナに、クロエは微笑《ほほえ》みかける。

「詳《くわ》しくは言わない。あくまでもあたしの感覚だからね。でも、安心なさい。そこまで無《む》謀《ぼう》な勝負じゃない気はするわ」

「おい、なんのことだ」

「秘密。あとそれとね、リィド。ちょっとこっちに来なさい」

言って手招くクロエに、リィドは当《とう》惑《わく》しながら歩み寄った。

かと思うと、彼女はリィドの襟《えり》首《くび》を強く掴《つか》んで自分の傍《そば》に引き寄せる。

「一つだけ忠告しておくわ。まどろっこしいことしてないで、多少強引でもいいから事を進めなさい」

「……何の話だ」

囁《ささや》きに同じ声量でリィドが返すと、

「あなたと彼女はあまりにも特《とく》殊《しゅ》な立場にいる。思い切ったことをしないと、いつ何があるか分からないわ。その時に後《こう》悔《かい》しても、取り返しがつかなくなるかもしれないのよ」

クロエは全てを悟り切っているような、意味ありげな笑《え》みを浮《う》かべていた。

リィドは心の臓を槍《やり》で貫《つらぬ》かれたような、そんな衝《しょう》撃《げき》を味わい、

「クロエ、お前、どこまで分かって……」

「はあい。それじゃ、あたしはこんなところで。レナ、また機会があればお茶しましょ」

リィドの追及《ついきゅう》には全く答えず、クロエは手を放すと、そのまま去っていった。

後に残されたのは、レナとの二人きりの時間だ。

（……思い切ったことをしないと、何があるか分からない、か）

そんなことはリィドも理解している。レナが勇者として完全に覚醒《かくせい》するまで、残された時間は後二年ほどだ。悠長《ゆうちょう》に時間を費やす余裕《よゆう》はない。

だがクロエの言葉は、思いのほか、重く響《ひび》いた。

（オレの方からそろそろ、大きく一歩踏みだす必要があるのかもしれないな）

そう決意し、レナを見つめる。

（しかし、先程の『無謀な勝負じゃない』とかなんとか……あれはどういう意味だったんだ）

事を起こすにおいて、非常に気になる部分だった。

今すぐレナの元に行き、問い質《ただ》したい衝動に駆《か》られる。

しかしそのような行動は命取りだ。下手を打つわけにはいかない。

「あー……レナ。クロエがお前に言っていたのは、どういうことだったんだ？」

故にこそ、慎重な態度でそう訊いた。

レナは、少し呆然《ぼうぜん》とするようにクロエが居なくなった方を見ていたが、やがては我に返ったようにリィドの方へ振り向く。

「秘密です」

「なに……？」

唇《くちびる》に指先を当て、素敵《すてき》な贈り物のある場所を教えられたかのような、魅力的《みりょくてき》な笑みのままで。

「女同士の、秘密です」

レナは、そう意味ありげに告げるのだった。

第四章 世界でただ一人のあなたを

じめついた空気の流れる広い部屋は、それでも詰めかけた大勢の人間で一杯《いっぱい》になっていた。皆《みな》、一様にローブのフードを頭から被《かぶ》っており、その姿はようとして知れない。

「……ディーズが魔王《まおう》の刺客《しかく》によって捕縛《ほばく》されたようだ」

沈黙《ちんもく》の中、一人の男が唐突《とうとつ》にそう告げると、ざわめきが走った。

狭《せま》い室内が動揺と焦燥《しょうそう》からくる雑多な喋《しゃべ》り声で満たされていく中、男は強く手を叩く。

「落ちつけ。奴から受け取った魔王の宝具はまだ多くある。問題はない」

場が静まり返るのを待ち、彼《かれ》は続けた。

「だが魔王側が本格的に動き始めた以上、これまでのようなやり方では、目的を達する前に我らもまた敵の手中に落ちるだろう」

「ああ。それに、ドイル、気になる情報がある。以前に同志が街を襲撃《しゅうげき》した際の情報を集めていたところ、強烈《きょうれつ》な光を目撃《もくげき》した者が居たそうだ」

別の者が答えると、また別の者がそれに反応する。

「強烈な光？　まさか魔術か？」

「そうかもしれん。直接確かめたわけではないようだが、もしそうならやはり、この国に光の魔術の使い手──勇者が存在していることになる」

「だったらまた同じことをやって誘《おび》き出せばいいんじゃないかしら」

「いいやダメだ。同志が倒《たお》されたということは、先のやり方では勇者に通用しないのだろう。もっと強力な宝具がいる」

「となれば……一つだけ方法はある」

最初に発言した、ドイルと呼ばれた男が言って振り返ると、部屋の奥《おく》へと消えた。間もなく彼は、一振《ひとふ》りの大剣《たいけん》を引きずりながら戻ってくる。

「ドイル、それは？」

「ディーズから受け取った宝具の中でも、飛びぬけて性能の高いものだ」

「ほう。なぜ以前に街を襲撃した際に使わなかった？」

「驚異的《きょういてき》な効果を持つ代わり、扱いが難しい。操りきれるかどうかの自信がなかった。だが捕《つか》まった連中の使っていた宝具でもダメなのだとすれば、これを使うしかあるまい」

「なるほどね。どういう力を持っているの？」

場に居る全員の、期待を込《こ》めた視線を受けて。

ドイルはローブのフードから垣間見える《かいまみ》口元を密《ひそ》かに歪《ゆが》めて、落ち着いた声で説明を始める。

「この剣を使えば、魔王の――」

彼らが驚愕《きょうがく》し、やがて興奮のままに歓声《かんせい》を上げ始めるのは、それから間もなくであった。


「こちらご依頼されていた品で御座《ござ》います。お確かめ下さい」

カウンターに座《すわ》っていたリィドは、店員から差し出されたものを急いで受け取った。

掌《てのひら》に収まる程度の小さな箱だ。蓋に指先をかけて開く。

中には紫色《むらさきいろ》の柔らかな生地《きじ》が敷《し》かれており――中央にはある物が鎮座していた。

鮮《あざ》やかな赤の色を宿す宝石をあしらった、二つの指輪。

「……ああ、問題ない」

リィドが答えると男性店員は笑みを浮かべ、立ち上がると頭を下げた。

「ご利用ありがとうございました。お客様の未来に幸多からんことをお祈《いの》り致《いた》します」

軽く頷いて席を立つと、リィドは店を出る。

(やっと出来たか……)

箱を見下ろして、次に、落としたりしないよう慎重に懐へと入れた。

一週間。待ちに待ち尽《つ》くした結婚指輪が、無事に完成したのだ。

後は、これをレナに渡して結婚式《けっこんしき》を挙げるだけだった。

（早速《さっそく》、家に帰ってからレナにこの指輪を見せよう）

きっと彼女も喜んでくれるだろうと、リィドは浮いた気分で歩き始める。

「……。待てよ」

が、そこであることを思いついて足を止めた。

（ただ渡すだけなのも芸がないな。どうせならもっと効果的な方法でやって、レナの好感度を上げた方がいい）

今からリィドがやろうとしていることは、恋仲《こいなか》にある相手に改めて結婚《けっこん》の意志を伝える行為《こうい》に等しい。あくまでも偽装《ぎそう》的な関係とは言え、そこをおろそかにしてはせっかくの機会が台無しになってしまうだろう。

――一つだけ忠告しておくわ。まどろっこしいことしてないで、多少強引でもいいから事を進めなさい
以前にクロエから忠告されたことを思い出した。彼女の言うことには一理ある。

ここは一つ、今の関係を進める為にも、なにか手を打つべきだろう。

（となれば何か方法を考えてだな……）

腕《うで》を組み、しばらく頭を捻《ひね》った。だがこれといって思いつかない。

当然だ。今まで異性と付き合ったことがないのに、女性をうっとりさせるような状況《じょうきょう》など自ら生み出せる訳もなかった。

考えあぐねていたリィドだったが、その時不意に、奇妙《きみょう》な音を聞いた。

虫の羽ばたきにも似たそれは、ある魔術の使用を促《うなが》す為に発せられるものだ。

リィドは周囲の様子を窺《うかが》い、誰にも見られていないことを確認《かくにん》すると路地裏へと入った。

人気がないことを見た上で、魔力を発動する。

眼前に汎用魔術《はんようまじゅつ》『通信術』によって生み出された結晶板《けっしょうばん》が浮かび上がった。

「お呼びですか、アスティア様」

結晶板に映し出された主に、リィドは跪《ひざまず》く。

通信術によって相手に連絡《れんらく》を取りたいとき、魔力を一定の指向性をもって放つと、それが音となって向こうに届くのだ。

『うむ。くるしゅうない。面《おもて》を上げよ』

年若く、それでいて威厳《いげん》に溢れた声にリィドが視線を上げる。

玉座に腰を下ろし、鷹揚《おうよう》に構えたアスティアが続けた。

『それほど大した用があったわけではないがな。少し様子を確かめておこうと思ったのだ。

その後、勇者との夫婦生活はどうだ』

「……は。今のところは順調に御座います」

『そうか。で、やることはやったのか』

「やること、とは……？」

『お主も子どもではないのだから、分かるであろう。男女が一つ屋根の下に暮らしていればやることなど決まっておる』

そういうことか――と、リィドは内心で焦《あせ》った。

アスティアは幼い姿をしているものの、その内面は成熟している。

訊かれることもおかしくはないとは言え、どこかで油断していた。

「いえ。まだそれほどのことは」

ようやく一緒《いっしょ》に寝《ね》ることに慣れた程度の段階なのだ。とてもではないが出来るはずもなかった。

『なんだ、そうか。あれほどの美貌《びぼう》を持つ女を前に、汝も堅物《かたぶつ》だな。しかし幾《いく》らなんでも、口づけ程度は済ませているであろう』

「それは……あの、魔王様。お言葉ではありますが、勇者とはあくまでも偽装の関係に御座います。いわゆる、愛し合った結果結ばれたわけではありませんので」

『だとしても別に深い仲になってはいけないというわけではないだろう？　寧《むし》ろそうなった方が、勇者を完全にこちら側に取り込める故、わらわとしても都合が良い。偽装はあくまでも偽装。向こうの気が変わればそれまでだからな』

確かに、それはそうだ。もしレナが何かをきっかけに使命感に目覚め、勇者として働くことを決意すれば、その時点でこの計画は瓦解《がかい》する。

その前に、どうせなら本当の恋仲となって、利益不利益とは関係のない、本当の繋《つな》がりを作った方がいいというのは道理である。

『まあ、汝がどうしても嫌《いや》だというのなら、話は変わってくるが』

「それはありません！」

『……なに？』

「あ、いえ。魔王様の為にもなるのであれば、私としては喜んで従うつもりである、という意味です」

危ない。先走ってしまった。冷《ひ》や汗《あせ》を掻きつつ、リィドは続ける。

「ですが……相手は魔王様の仇敵《きゅうてき》で御座いますが」

『ああ。その辺り、わらわは気にせぬ。先祖がやられたからといって、わらわがやられたわけではないからな』

「そ……そうで御座いますか？」

『うむ。よって、せっかくの機会だ。別に無理強《むりじ》いするつもりもないが、お主も良い歳《とし》であろう。誰《だれ》かに対し特別な感情を抱くということも、試《ため》してみるのもよかろう』

魔《ま》族の王とは思えぬ言い分である。が、アスティアらしいと言えばそうだった。

リィドにとっては、願ったり叶《かな》ったりの状況ではあるのだが――。

「は……はっ。仰《おお》せのままに。ですが私としては不慣れな状況であります故、いささかに……相手との距離《きょり》を縮めるのには難を強《し》いられるかと。現に今も少し困っておりまして」

『ふむ？　なんだ？　申してみよ』

「え。いえ、さすがに魔王様にご相談するようなことでは……」

『よい、よい。答えに窮《きゅう》した時、他者に話をすることで光明が見出《みいだ》せることもあろう。さ、申してみよ。これは命令だぞ？』

強い言葉とは裏腹にアスティアはからかうような笑みを浮かべていたが、そうこられるとリィドとしても逆らうことは出来ない。

「承知致しました。……では、お恥《は》ずかしい話なのですが……」

多少躊躇《ためら》ったものの、リィドは現状おかれた問題について、包み隠《かく》さず報告した。

「……という事情に御座います」

『ふーむ？　指輪を渡すには、か。確かに重要な場面だの』

アスティアは腕を組みながら首をひねり、しばらく唸《うな》っていた。だがやがて、

『難しいが……一つ挙げるとすれば、雰囲気《ふんいき》、だの』

「雰囲気、で御座いますか」

『ヒトはな、空気に惑《まど》わされやすい生き物よ。周りでこうすべきという流れがあれば、つい、それに従ってしまう。ま、全《すべ》てがとは限らぬが、多くの場合はそうだろう』

なるほど、一理ある。リィドは頷いた。

同調圧力という言葉もある。よほど強固な意志でもなければ、皆がしていることに個人は倣《なら》ってしまうものだ。集団から外れて孤立《こりつ》してしまうことを無意識に恐《おそ》れるのだろう。

『悪いことに作用する場合もあるが、逆もまたある。それに相応《ふさわ》しい雰囲気を用意すれば、なんとなく自身もその気になって、事が上手《うま》く運ぶ例もあるのだ。ま、具体的に言うとだ』

頬杖《ほおづえ》をつきながら、アスティアは面白《おもしろ》がるように続けた。

『甘《あま》い空気のある場所で、自然と指輪を渡《わた》すような状況を用意してしまえ』

「甘い空気……具体的に申しますと？」

『そうだな。周りが恋人同士ばかりだとか、うっとりするような音楽の流れる店だとか。そういった行為に及《およ》んでもおかしくはないな、という空間だな』

「……なるほど！　さすが魔王様。妙案《みょうあん》に御座います」

その手があったかと、リィドは思わず顔を上げた。

『いや、感心しているところ悪いが、こんなもの誰だって思いつくぞ。汝、本当に今まで異性に興味がなかったのだな』

半ば呆《あき》れたような口調になるアスティアに、リィドは身の縮こまるような想《おも》いを味わう。

「申し訳ありません。不甲斐《ふがい》ないばかりです」

『構わんよ。それで作戦が上手くいくのならな。勇者の心を掴む策、上手く成《な》し遂《と》げられれば良いのう――【影の狼】』

四天王としての異名を呼ばれ、リィドに改めて緊張《きんちょう》が走った。答える声も、自然と硬くなる。

「……はっ。必ずや、成功させてみせます」

そんなリィドを、アスティアは目を細めて見つめてくるのだった。

「なんだか……大人な雰囲気のするお店ですね」

数時間後。リィドは、やっとのことで見つけ出した場に、レナを誘《さそ》い出すことに成功していた。

「ご飯を外で食べようって言ってくれたのは、嬉《うれ》しかったんですけど。こんなところ来たことないので、少し緊張してしまいます」

レナは遠慮《えんりょ》がちに周りを見ながらそう告げて来る。

「ん。まあ、そうだな。たまたま料理が美味《うま》いという評判を聞いて来たんだが」

リィドは素知らぬ顔で答えた。もちろん、嘘《うそ》だ。

アスティアとの通信を切った後、リィドは魔術《まじゅつ》を使って、彼女の指定した条件に合う店を探し回ったのだ。

その結果、リィドがここだと決めたのは、ある飲食店。情報収集の結果、そこが恋人同士で行きたいと言われている数が一番多かったのである。

確かに店内の飾《かざ》りつけや置かれた調度品なども、派手ではないが洗練されたものであり——照明の絞《しぼ》られた店は落ち着いた雰囲気に包まれ、微《かす》かに流れる音楽も相まって、何処か幻想的《げんそうてき》な空気感を演出していた。恋人同士や夫婦がいつもと違《ちが》った場所で食事を楽しみたい、という目的で来るにはぴったりの場所だ。

実際、客はほぼ、そういった者達《たち》によって占《し》められている。

(ここなら指輪を渡すのに相応しいな。後はどの機会で実行するかだ)

リィドは狙《ねら》いを定めつつ、注文した食事が運ばれてくると、レナと共に食べ始めた。

「あ。本当ですね。料理はとっても美味《おい》しいです」

嬉しそうにナイフで切り分けた肉を口に運ぶレナに、リィドはわずかな笑みを漏らす。

（……指輪に気をとられ過ぎて味が全く分からん）

この調子で長く過ごすのはいささか辛《つら》かった。

やはり、勝負をつけるのであれば早い方がいい。慎重《しんちょう》さは重要だが、過ぎれば自らの失態に繋がる。四天王として働く上で培《つちか》った経験だった。

（よし……そろそろだ）

リィドは付け合わせの野菜を飲《の》み込んだところで、フォークを置いた。

「……レナ。この店は、あまりお前の好みではないか？」

スープを飲もうとしていたレナは、リィドの発言に顔を上げる。

「え？　あ、いえ。そんなことはありませんよ。最初は緊張しましたけど、とっても素敵なところだと思います」

レナの笑みに、リィドはひとまず安心した。

「そうか。それは何よりだ。で……話は変わるが、そろそろやろうと思うんだ」

「なにを、ですか？」

「……結婚式だ」

二歩目。ここからどんどんと踏み込んでいこう。リィドは自らを叱咤《しった》する。

「……あ。はい。そうですね。そういえば届けを出してから、随分《ずいぶん》と経《た》ちますね」

「そうなんだ。それで……」

リィドはこっそりと、懐《ふところ》にある指輪の入った箱へ手を伸《の》ばした。

「渡すものが、あるんだが」

「わたすもの、ですか？」

レナはきょとん、とした後で、小さく「あ……」と呟いた。

結婚式、という単語から何かに気付いたかのような顔で、わずかに下を向く。

その後、沈黙が、リィド達の間に流れた。

店内では、恋人たちが語らう声がそこかしこから聞こえてくる。

彼らの愛《いと》しき者へと向ける心の形が、自然と良い場を整えていた。

それらに当てられたのか、レナの頬《ほお》には赤みが差している。

（確かに、これなら……）

根拠《こんきょ》はないが、成功するかもしれない――。

リィド自身もまたここにいると、そんな確信めいた想いが湧《わ》き上がって来た。

（さすがは、魔王様だ。恐れ入る）

雰囲気を作るとはこういうことかと、リィドはアスティアに感謝をささげた。

そして、

「実は、お前にこれを……」

懐に手を入れたリィドを、レナはちらりと見上げてくる。

（……よし、やるぞ！）

勢いのまま、リィドは指輪の入った箱を取り出そうとした。

「――お願いだ。ボクと結婚してくれ!!」

瞬間《しゅんかん》、隣《となり》から金切り声が聞こえ、反射的に手を止める。

リィドが視線をやると、席から立った青年が顔を強張《こわば》らせながら、両手にもった箱を突《つ》き出していた。その向かいには若い女性が居て、驚いたように目を見開いている。

「き、君を必ず幸せにすると約束する！」

周囲が二人に注目する中、相手の女性は箱を受け取り、中身を確認した。その瞬間、彼女はその両目から涙《なみだ》を流す。

次いで、女性もまた腰《こし》を上げ、青年の手をとって、か細い声で答えた。

「……はい。よろしくお願いします」

静まり返る店内。しかしその直後――割れんばかりの拍手《はくしゅ》が鳴り響いた。

「おめでとう！　幸せにね！」

「がんばれよー！」

各席から飛んで来る声に、青年は慌てたように頭を下げる。

女性もまた涙を拭《ぬぐ》いながら、周囲に笑顔《えがお》を見せた。

（なっ――なに――――ッ!?）

幸福に包まれた空間の中、愕然となっているのはリィドだけである。

「……あの、リィくん？　どうしました？」

今まさに愛の報《むく》われた恋人たちを祝うべく手を叩いていたレナが、硬直《こうちょく》しているリィドに対し、困惑《こんわく》するように尋ねて来る。

「あ……いや……」

彼らに罪はない。全く無い。それは断言できる。

だが、それでも、リィドは胸中で叫んだ。

（今じゃなくてもいいだろう――――ッ!?）

よりにもよって、なぜこの時に、先手を打たれなければならないのか。

（……出来ん。さすがにあんなものを見せられた後に、自分も同じことは……！）

なぜかと訊かれると答えようがないのだが、あまりに遅《おそ》きに失した感は否《いな》めなかった。

「……くっ」

リィドは項垂《うなだ》れ、思わず、テーブルを両の拳《こぶし》で強く叩いた。

そうして結局――会計を済ませて、すぐさま店を出たのだった。

「リィくん、大丈夫《だいじょうぶ》ですか？　あの、よく分かりませんが、元気出して下さい」

移動しながら、レナが慰《なぐさ》めてくれた為、半ば強引《ごういん》に笑みを作る。

「ああ。ありがとう。別に何でもないんだ」

懐に手を入れて、渡すことの出来なかった箱の感触《かんしょく》を確かめる。

（くそ……またダメか）

色々と試してはいるが、未《いま》だにレナとはとんと上手くいかない。四天王筆頭として振《ふ》る舞っている時とは大違《おおちが》いだ。

（恋《こい》を成功させるよりも、敵対する兵団を全滅《ぜんめつ》させる方がずっと簡単だな……）

街の広場まで戻《もど》って来たところで、リィドは落胆《らくたん》してため息をつく。

（仕方がない。また日を改めよう。これからずっと一緒に暮らすんだ。またいつか機会はある。今だ、と自信をもって断じることのできる瞬間が）

そう自分を納得《なっとく》させて、半ば無理矢理《むりやり》に、リィドは気を取り直すことにした。

と、その時。

 っていた。

「やっほー、リィド」

不意に声を駆けられて前を見ると、外套のフードを頭から被り、顔を隠したクロエが立っていた。

「ん、なんだ、クロエか。お前、まだ人間の領域にいたのか」

「うん、色々事情があってね」

「あ、クロエさん！　こんにちは」

レナが顔をほころばせるのに、クロエもまた微笑みと共に応える。

「うん。こんにちは。ね、ちょっと話があるんだけど人のいないところに行っていい？」

構わない、とリィドは答え、クロエやレナと共に路地裏へ移動した。

「ふむ。ここなら大丈夫そうね。改めまして。レナ、元気だった？」

「はい。なんとかやっています」

「そ。リィドとの仲は進展した？」

「えっ——」

「お前はいきなり何を言う」

何気なく言い放つクロエにレナとリィドが同時に反応すると、彼女《かのじょ》は「冗談よ」と肩《かた》を竦《すく》めた。

「リィドのことだからなーんにも出来なくて、結婚指輪の一つも渡せずぐだぐだやってんのかと思って、おふざけで訊いただけ」

「…………」

「なんで黙んの」

図星だったからだとは言えず、リィドは無言で建物の壁《かべ》に背を預ける。

「それで何の用だ。魔王の宝具について進展があったのか」

「ああ、そうそう。その件で来たのよ」

リィドの方を向いてクロエは喋り始める。

「ディーズの話だと、盗《ぬす》んだ宝具のほとんどは例の組織に売り払《はら》ったっていうのよ」

「ふむ？　魔王様に反する集団、か。奴《やつ》らの居所は？」

「それはまだ不明。ただ魔王様に報告したら、追って応援《おうえん》を寄越《よこ》すから、その間は一人で宝具を回収してくれって言われてね。あたしもこっちに残ったってわけ」

「なるほどな。しかし、早々に解決しなければ不味《まず》いな、それは」

「そうなのよ。悪いけど、また協力してくれない？」

迷うことなくリィドは頷いた。事は魔王の進退にも関《かか》わってくることだ。他人面《たにんづら》はしていられなかった。

「クロエさん、わたしも色々と情報を集めてみます」

レナも手を挙げると、クロエは「うん、ありがと」と彼女に対して片目を瞑《つぶ》る。

「リィドが前にどんぱちやらかしたって言ってた日から結構経ってるのに、妙《みょう》に大人しいのが気になるのよね。そろそろ何かやらかすかもしれないわよ」

「……そうだな。気を付けよう」

リィドはため息交じりに答えた。

（やれやれ。自分の問題さえ片付いていないのに、厄介《やっかい》なことだ。結婚式をする前に、面《めん》倒《どう》ごとが起こらなければいいが——）

クロエと会話を交《か》わすレナを見ながら、リィドは祈るように思った。


街は、賑《にぎ》わいを見せていた。

誰もが平和そうな顔で通り過ぎ、これまでと同様、これからも、自らの日常がただ連綿と続くと信じ切っている。

（愚《おろ》かな。勇者という存在なくば我らに下るしかない輩《やから》が……）

ドイルは物陰《ものかげ》から広場の様子を観察しながら、ふつふつと湧《わ》き上がる怒《いか》りを感じていた。

（一丁前に支配者気取りで往来を歩くなど許されることではない。貴様らは所詮《しょせん》、我ら魔

族の家畜《かちく》になるべき存在なのだ。勇者を亡《な》き者とし、そのことを思い出させてやる）

背中に負った大剣の柄《つか》を握《にぎ》ると、ドイルは息をつく。

（この武器を使えば最悪の事態もあり得る。だが……それならそれで良い。我ら魔族にとっての礎《いしずえ》となれるのであれば本望《ほんもう》よ）

覚悟《かくご》を決めると、背後を振り向いた。

「ゆくぞ。まずは私が出る。その後、折を見てお前達も魔術によって街を破壊《はかい》するのだ」

「ええ、分かったわ。任せておいて」

「頼《たの》んだぞ」

仲間達の声を受けて、ドイルは再び前を向いた。

「……それでは決行する」

大きく一歩を踏《ふ》み出し、そのまま表通りに出た。

突如《とつじょ》として現れたローブ姿の男を、人々は少し驚いたように見る。

だが人通りが多い中、立ち尽くすドイルに対して、彼らは次第《しだい》に苛立《いらだ》ちを覚え始めた。

「おい、あんた、邪魔《じゃま》だよ」

がたいの良い青年が舌打ちと共に肩を掴んでくる。

だがドイルが無言で居ると、ますます怒りを募《つの》らせたように声を荒《あら》らげた。

「聞こえねえのか。そんなところでぼーっとしていられると、迷惑《めいわく》なんだよ！」

周囲の人々は突如として始まった騒動《そうどう》を、野次馬根性《やじうまこんじょう》で見つめ始める。

注目は集まっている。そろそろだろう。

ドイルは口元を歪めて、ぼそりと呟《つぶや》いた。

「私が迷惑なら、貴様らは害悪だ」

「豚《ぶた》は豚らしく大人しく飼われておけばいいものを。いつまで我らに逆らうつもりだ。身《み》の程《ほど》を知るがいい」

「……あぁ？」

「あんた、さっきから何を言って……」

「計画を実行する」

背中の大剣を鞘《さや》から抜《ぬ》くと、ドイルはそれを頭上高く掲《かか》げた。

「人間との和解など不要だ。全てを滅《ほろ》ぼし、この世界を、我ら魔族の物とする！」

そう高々と宣言した瞬間。

剣の鍔《つば》が強い輝《かがや》きを放ち――力が、発動した。

（リィくん……あの時、指輪を渡すつもりだったのでしょうか）

レナは自宅近くの丘《おか》から見える街を眺《なが》めながら、そう思った。

リィドと共に、いつもとは趣《おもむ》きの違う店で食事をしてから、数日が経っている。

（でも、指輪を渡すなら、普通《ふつう》にすればいいですよね。どうしてわざわざあんなお店に行ったのでしょうか。……特別なものにしようとした、とか？）

ならば共に暮らす中で、彼も自分のことを少しは意識し始めているのかもしれない。

恋愛《れんあい》感情かどうかは分からない。単に幼馴染《おさななじみ》であるレナのことを喜ばせようとしているだけという可能性もあった。

ただそれでも、自分の為《ため》に色々考えてくれているということが、何より嬉しい。

（前回は上手くいきませんでしたから……今度は違う方法でくるかもしれませんね。ふふ。どんな感じになるんでしょう）

だが正直なところ、どんなことでもよかった。リィドの頭の中に自分という存在が居る。それだけで満足だった。

（でも……二年、か。こんな調子で、本当に上手くいくんでしょうか）

もちろん、努力は怠《おこた》らないようにするつもりだが――それを踏まえて尚《なお》、恐れはあった。

もし何にもならなければ、と思うと、目の前が闇《やみ》に包まれたようになる。

（せめて、リィくんがわたしのことをどう思っているか、ちょっとでもいいから分かるといいんですが……）

単なる幼馴染か。それとも、一人の女の子として見てくれていて、わずかでもそれ以上の関係になれているのか。

確かめてみたい。だが、確かめられない。

はっきりと形にされてしまうことを思うと、どうしても一歩が踏み出せなかった。

（それに……今のリィくんとの関わりが、わたしは大切です）

たとえ偽《いつわ》りだとしても。今は愛する人と行うこの『夫婦《ふうふ》ごっこ』に浸《ひた》っていたい。

自分が心から望んだ、リィドとの眩《まばゆ》いような生活は、それだけで切なくなるほどに愛おしかった。

永遠に終わらないで欲《ほ》しい——そう、無理なことを本気で願ってしまうほどに。

（……いえ、いけませんね。そんな消極的では。頑張《がんば》らないと！）

レナは後ろ向きな思考を消す為に、頭を激しく振った。

「レナ。ここにいたのか」

と、その時、扉《とびら》の開く音と共にリィドの声がした。

「あ……リィくん。ええ、少し風に当たっていまして。どうしました？」

振り返ってレナが尋《たず》ねると、彼はわずかに咳払《せきばら》いをし、

「ああ、いや。お前に少し提案があるんだが」

「提案、ですか。なんでしょう」

半ば分かりながらもレナは言った。リィドが指輪を渡す為、何かをしようとしているのだろうと。

本音は何一つ不明だというのに、それだけで、レナは期待してしまう。

これが、彼との関係を一歩進めることになりはしないかと。

そして――。

「お前さえ良ければなんだが、この後……」

その瞬間。背後で、強烈な爆発音《ばくはつおん》が鳴り響《ひび》いた。

レナは思わず街の方を見て、目を見開く。

「これは……なにが起こっている⁉」

駆《か》け寄って来たリィドもまた、愕然《がくぜん》とした声を上げた。

いつもと変わらぬ景色に、いつもと明らかに違う点が幾つもある。

街のそこかしこが爆発《ばくはつ》、炎上《えんじょう》し、濃《こ》い煙《けむり》が上がっているのだ。

まるで敵襲《てきしゅう》にでも遭《あ》ったようだった。

「どうしたんでしょう。ひょっとして魔王軍が？」

「いや、そんな話は聞いていない。大体、魔王様はレナが……勇者がここに住んでいることは知っている。何らかの理由で人間領域を攻める必要があったとしても、ここは真っ先に外すだろう」

「確かにそうですね。でも、だったらどうして……」

レナはしばらく考《かんが》え込んでいたが、やがて、勢《せ》いよく走り出した。

「おい、レナ⁉」

「リィくんはここで待っていて下さい。わたし、様子を見てきます！」

が、放っておけないと思ったのだろう。リィドは後ろを追ってきた。

勇者の脚力《きゃくりょく》に追いつくべく影《かげ》の狼《おおかみ》の上に乗り、レナに併走《へいそう》する。

(なんだか、すごく嫌な予感がします……)

レナは焦燥めいた想いを抱《だ》きながら、街へと向かった。

リィドがレナと共に入ると、街は凄惨《せいさん》な様相を呈《てい》していた。

そこかしこの建物が破壊され、瓦礫《がれき》が積み上がっている。

その間に人々が倒れ、呻《うめ》き声を上げていた。

「……どうなっているんだ」

リィドが状況を確かめようと周囲の様子を眺めていると、

「レナ……逃《に》げろ……」

向こう側から、三人の人影《ひとかげ》がよろめきながら近付いてくる。

「ライルくん？　それにエッダちゃんとイザベラさん……！」

レナが青ざめた顔で口に手を当てる。以前に会った、彼女の知人である冒険者《ぼうけんしゃ》の三人組だった。

彼《かれ》らは揃《そろ》って満身創痍《まんしんそうい》といっていい状態で、リィド達の元まで来る。

「一体なにがあった」

リィドが尋ねると、イザベラは顔を顰《しか》めながら答えた。

「……広場の方で、とんでもない奴が暴れている。あたしらみたいな冒険者や騎士《きし》が総出でかかったけど、まるで敵《かな》いやしない」

「あなた達、悪いことは言わないから街を離《はな》れなさい。あいつはちょっと……普通じゃない……わ」

消え入るように言うと、エッダはその場に膝《ひざ》をついた。同時に、ライルとイザベラもふらつき、倒《たお》れてしまう。

「皆《みな》さん！」

レナは慌《あわ》てて彼らの様子を確かめたが、やがてほっとしたように息をついた。

「大丈夫です。気を失っているみたいです」

「……尋常《じんじょう》ならざる事態のようだな。行ってみるか」

リィドは頷《うなず》き、彼らの言う広場へと急いだ。

そうして間もなく、目的地へと辿《たど》り着くなり――。

その目に、予想を遥《はる》かに超《こ》えた状況が飛び込《こ》んできた。

「オオオオオオオオオオオオオオオオオオオ――ッ！」

広場の中央辺りで、ローブを身に纏《まと》った一人の男が、大剣《たいけん》を振り回している。耳が尖《とが》っているところをみると、魔族だ。

しかも彼が虚空《こくう》を薙《な》ぐ度《たび》に、広場中を吹《ふ》き飛ばす勢いで颶風《ぐふう》が生じ、うねる衝撃波《しょうげきは》が周囲の建物を次々と砕《くだ》き散らしていった。

まるで生きた台風も同然である。

住民達は皆、被害《ひがい》を恐れて避難《ひなん》したのか、広場には男以外誰一人《だれひとり》として残っていない。

しかもその周囲には、彼と同じようなローブを着た者達が揃って倒れ伏《ふ》していた。

「あいつ……例の組織に属する奴か……！」

リィドの懸念《けねん》は、残念ながら現実となってしまったようだ。

「ああっ!!」

男は獣《けもの》のように咆哮《ほうこう》し、手当《てあ》たり次第に周囲のありとあらゆるものを瓦礫と化していく。

その度に疾風《しっぷう》というには躊躇いを覚えそうなほどの勢いある空気の刃《やいば》が、リィドの体すら紙屑《かみくず》のようにして飛ばそうとしてくる。

男の目は血走り、瞳《ひとみ》は濁《にご》り切った沼《ぬま》のような深緑色に染まっていた。完全に正気を失っている。

「リィくん、あの人のもっている武器を見てください。あれが今起こっていることの原因ではありませんか？」

レナの指摘《してき》に、リィドは男の手元へ視線を移した。

彼の使っている大剣には赤と紫《むらさき》をあしらった不気味な意匠《いしょう》に加え、鍔《つば》に奇妙な意匠が施《ほどこ》されている。それが今、全体に淡《あわ》く発光していた。

「あれは……馬鹿《ばか》が。よりにもよってあの宝具を使うとは」

間違《まちが》いはなかった。以前に魔王《まおう》城の倉庫で見たことがある。

「やっぱりあれ、魔王の宝具なんですか？」

「ああ。正式名称《めいしょう》は【魔喰《まく》らいの大剣】なんだが、アスティア様はこう呼んでいた。——

はない。

【身の程知《ほどし》らずの刃】ってな」

リィドは舌打ちして、魔力《まりょく》を発動した。今の男はもう、言葉で説得できるような状態ではない。

「歴代魔王様の魔力を封《ふう》じ込め、恒久的《こうきゅうてき》に維持《いじ》できるようにした物なんだ。使い手が発動すると内部にある魔力が一気に解放され、そいつの物になる」

元々は、何代も前の魔王が一族の力を利用して勇者を倒そうと、子孫の為に開発したものだ。

「何代にも亘《わた》って魔王様がその魔力を注ぎ込んできた代物《しろもの》だ。効果を発動すればとてつもない威力《いりょく》になる。だが……アスティア様がこっちの世界に持って来たはいいが欠陥が見つかって、結局は使い物にならないって倉庫の隅《すみ》に転がっていたんだが」

「欠陥って……？」

「自らの許容量を超えた魔力を一度に、しかも大量に取り込んだ者はそれに耐《た》えきれなくなるんだよ。理性がぶっ壊《こわ》れて、目の前にある物を構わず消滅《しょうめつ》させようとする最悪の存在と化すんだ」

恐らくは、という段階ではあるが、個人差はあれど魔族にも人間にも取り込める魔力の限界が定められているのは、それを防ぐためなのだろう。リィドのような特異体質であるならともかく、無尽蔵《むじんぞう》に生成される魔力を蓄積《ちくせき》し続ければ、脳が制御《せいぎょ》できなくなってしまうのだ。だからこそ、ある程度の量で無意識的に抑《おさ》えられているのだろう。

「しかもそのまま放っておくと武器自体が暴走し、最終的には使い手を巻き込むのも構わず、魔法《まほう》によって辺り一帯を完膚無《かんぷな》きまでに破壊する。少なくとも、この街とその周辺は跡形《あとかた》もなく消し飛ぶだろうな」

「そんな！　でも、自分を犠牲《ぎせい》にするような武器をどうして……」

「宝具の正体を知らない、もしくは、己《おのれ》の宿願を果たす為なら命を失っても惜《お》しくはないという御大層《ごたいそう》な信念からだろう」

暴走して街を破壊《はかい》していれば、いずれ勇者が助けに現れる。

それを巻き添《ぞ》えに出来るのであれば、己の命が潰《つい》えても構わない――と、そのような考えをもっているのかもしれない。

「いずれにしろ、止めるには一度倒《たお》して気を失わせるしかない！」

リィドは魔術を行使。影から無数の狼達《おおかみたち》を呼び出した。

石畳《いしだたみ》を蹴《け》りながら、漆黒《しっこく》の獣の群れが男へと襲《おそ》い掛《か》かる。

「がああああああああああああああああああ！」

だが、彼が大剣を一振《ひとふ》りするだけで、半分以上の狼が消え去ってしまった。

「くそ……使っているのは風の魔術だが威力が段違《だんちが》いだ。まるで魔王様並の魔力——いや、それ以上か……!?」

リィドは立て続けに狼を増殖《ぞうしょく》していくが、排除《はいじょ》される数にまるで追いつかなかった。

やがて全てを駆逐《くちく》した男は、その目をリィドへと向け、剣を構える、

「勇者ハ……勇者ハ何処《どこ》ダ……コのドイルの前ニ……出せえええええええええええええ!」

自らの意志を失いかけているにもかかわらず、行動するに至った理由までは剣に喰《く》らわれてはいなかったのだろう。

ただ今や意味の有無《うむ》を見失い、ただ見えるもの全てを壊すことで目的が達成できると思い込んでいるようだった。

ドイルと名乗った男の刃が無造作に、目の前の空間を何度も切り裂《さ》く。

巨大《きょだい》な——途方《とほう》もなく巨大な、絶望的な程に強力な風の刃が高速で迫《せま》ってきた。

「……防げるか!?」

迷っている暇《ひま》はなかった。やるしかないのだ。リィドは巨大な狼を形成し盾《たて》にした。

だが——決着がつくのは思っていた以上に速い。

巨狼は凛然《りんぜん》と立ち向かったが、歴代魔王の魔力を有したドイルの魔術がそれを上回った。

無惨《むざん》にも闇が弾《はじ》け飛び、少しも勢いを衰《おとろ》えさせることなく、衝撃波が肉薄《にくはく》してくる。

「……くっ……ッ！」

リィドは急いで次の手を用意しようとしたが、間に合わなかった。

無防備になった己の身に、風の化身《けしん》が顎《あご》を開く――。

だがその直前、激しい音と共にそれは防がれた。

「リィくんに……リィくんに手出しはさせません！」

レナだ。彼女が光の魔術によって構築した壁で男の攻撃《こうげき》を凌《しの》いでいる。

さすがの勇者の力と言うべきか。頑強《がんきょう》なそれは暴風の猛攻《もうこう》を防ぎきった。

ぱんっ、という鋭《するど》く弾《はじ》けるような音と共に、男の魔術は消え去る。

だが、レナもまた、力が抜けたように膝をついた。

「レナ、どうした⁉」

駆《か》け寄って跪《ひざまず》いたリィドに、彼女は息を荒らげながら微笑《ほほえ》む。

「い、今まで受けたことのない威力でしたので、ちょっと疲《つか》れました」

リィドの背筋を、ぞわりとした寒気が這《は》い上がった。

今まで、レナがこんな状態になったことはない。あらゆる敵を余裕《よゆう》で退けてきたのだ。

つまるところ――現状の相手は、完全覚醒《かくせい》前とは言え、勇者に匹敵《ひってき》するほどの力を持っていることになった。

「でも、大丈夫です。わたし、全力を出してみますから。そうすれば止められます」

「だがお前、許容量外の力を引き出すと制御が利かないんだろう」

「……それは、そうなんですけど……」

「やめておけ。あいつに加えてお前まで暴走したら、今度こそ目も当てられないことになる」

「でも、今のあの人はそうしなければきっと、止められません。わたし、なんとなく分かるんです！」

神の恩恵《おんけい》を受けたからこそなのか。レナは本能的に相手の力を悟《さと》ったようだ。

「しかし、それでお前が危なくなったら……」

「あの人を放っておいたら、この街が……皆が傷つくんです！」

「落ちつけ！　事態を収める為にお前が暴走したらそれこそ本末転倒《ほんまつてんとう》だろう！」

リィドの叱咤に、レナは瞠目《どうもく》し、やがては唇《くちびる》を噛《か》み締《し》めた。

「……そうですね。ごめんなさい」

「いや、いいんだ。何か他の方法を考えよう」

リィドは立ち上がり、ドイルの方を向く。

だが――すぐに体が竦み上がった。

ドイルが剣を掲げ、今までとは比べ物にならない規模の竜巻《たつまき》を呼び出していたからだ。

轟々《ごうごう》と鼓膜《こまく》をつんざくような回転を見せ、周囲のものを所かまわず巻き込んでいく。

既《すで》に魔術の域を超えていた。あれではまるで神の所業。全《すべ》ての頂点に立つものだけが成し得る、世界そのものを操作し生み出したかのような、超越《ちょうえつ》されし現象の発現だった。

あれには、力を抑えたレナの魔術では耐え切れない。

「勇者ヲ寄越《よこ》セエエエエエエエッ‼」

ドイルが、魔術を解き放つ。リィドは後ろを見た。レナはまだ先程《さきほど》の疲労《ひろう》が抜けず立ち上がれていない。

「やめろ……」

リィドは制した。無駄《むだ》だと分かりながら、それでも、手を翳《かざ》し。

「やめろおおおおおおおおおおおおおおおお――――ッ！」

自らの物だけでなく、今まで溜《た》め込んできた全ての魔力を投入し、影から山ほどの体を持つ狼を作り出す。

それは強烈《きょうれつ》な叫《さけ》びを上げて、向かい来る竜巻に立ち向かった。

――存在する物全てを根こそぎ崩壊《ほうかい》させるような、そんな異音が鳴り響く。

「…………」

ドイルの魔術が消えた時。リィドは立ち続けていた。

「……やる……じゃないか……」

だが、それは、奇跡《きせき》に等しい。

「……負けを、認めてやるよ」

次の瞬間、リィドは全身から力が抜け、その場に倒れ込んだ。

全魔力を投入したにもかかわらず、相殺《そうさい》することは出来なかった。

余波をまともに受けたせいで、体中が切り刻まれている。

あまりに度を越《こ》した傷の為、痛みよりも熱さの方が先んじた。

「……リィくん……？」

足音と共に、レナが近くまでやってくる。

やがて、怯《おび》えたように青ざめた彼女の顔が、覗《のぞ》き込んできた。

「……無事か、レナ」

喉奥《のどおく》から無理やりに絞り出した、掠《かす》れた声で問いかけると、レナは頷いた。

「で、でも……嫌《いや》です……ダメです、リィくん！　こんな……こんなの！」

彼女の瞳が潤《うる》み、やがては涙が零《こぼ》れ出す。それは絶えることなく、まるで永遠であるかのように、次々と流れては落ちていった。

「やだ……やだぁっ！」

普段《ふだん》の落ち着きが嘘《うそ》であるように、レナは、ただ幼子のように泣き叫んだ。

そんな彼女を安心させる為、リィドは強引に微笑みかける。

「オレは……問題ない。だから、逃げろ……」

「……リィくん……」

「お前が無事なら、オレは……それで……」

最後まで言い切れない。意識が朦朧《もうろう》としてきた。リィドはうつろな思考のままで、手を伸ばし、レナの頭を撫《な》でる。

「……それで、いい」

だが――間もなく力をなくし、自らの手が、意志とは裏腹に落ちるのを感じた。

「いや……」

レナは立ち上がり、首を横に振る。受け入られない、と強く主張するように。

彼女は目の前で起こりつつあることから、必死で目を背《そむ》け――全身全霊《ぜんしんぜんれい》で、拒絶《きょぜつ》した。

「いやああああああああああああああああああああああああ！」

途方もない光の粒子《りゅうし》が、レナの体から迸《ほとばし》り、天へと昇《のぼ》る。

今まで見たことのない程の魔力がうねり、煌々《こうこう》と、轟々として、街全体を照らしだす。

「嗚呼《ああ》……嗚呼嗚呼嗚呼《ああああああ》……」

それを見た男は、本能的に危険を察知したのだろう。

再び、リィドにぶつけた物と同じ魔術《まじゅつ》を構築。

剣の一振りと共に、躊躇《ためら》いなくぶつけてきた。

「ああああああああああああああああああああああああ！」

しかしそれは、リィド達《たち》を前にして、容易《たやす》く防がれる。

「……許さない……」

レナが手を翳し、光の壁を構築していた。彼女が今まで生み出してきた中で、最も頑強で、最も巨大なものを。

「絶対に、許さないッ!!」

世界を震撼《しんかん》させるような破壊音と共に風は消え去り、同時にレナは固めた拳を打ち出した。虚空に光が集結し、瞬《また》く間《ま》に物体を形成する。

月を撃《う》ち貫《つらぬ》かんばかりの巨大な光の槍《やり》が誕生し、視認《しにん》不可能な速度でドイルへ突貫《とっかん》した。

「があああああああああああああああああっ！」

衝撃波によって打ち消そうとしたドイルだったがそれは敵わず、幾《いく》らか威力は軽減させたものの、直撃《ちょくげき》を受けて遥か後方に吹き飛んでいった。背後の建物を巻き込んで、瓦礫を空に舞《ま》い上げる。

「はあ……はあ……はあ……！」

息を荒らげるレナは、そこで我に返ったかのように、顔を強張らせた。

「あ、ダ、ダメです。このままじゃ……！」

自身の体を押《お》さえこみ、意識を集中させるかのように、目を瞑る。だがそれでも魔力は全く衰えを見せなかった。

（不味い、暴走したか……！）

リィドは奥歯《おくば》を噛み締める。このままでは不味い。だが自分はもう、ろくに動くことすら出来なかった。無理をすれば可能だろうが、それとて何が出来るというのだろう。

今、レナの体から放出されている魔力量は、前回、首都で見せたものとは格が違《ちが》う。直接吸収はおろか、接触《せつしょく》吸収でも全てを取り込むことは不可能だろう。

「あ……ああ……あああああ……！」

レナは自分で自分を恐《おそ》れるかのように己を抱きしめると、涙の滲《にじ》んだ目でリィドを見て来た。

「リィくん、逃げて……わたし、もう、力を――」

光の粒子は空中に幾つもの球体を作り始める。無論、レナの意志ではあるまい。完全に彼女の手を離れ、自動的に辺りの物を破壊しようとしているのだ。

「――力を、抑え切れないッ!!」

一つ一つが遠く空に浮《う》かぶ太陽の如《ごと》き大きさを持つ光の球が、リィドを始めとした周囲一帯へと一斉《いっせい》に降り注いだ。

だがリィドには抵抗《ていこう》することすら出来ない。強く目を瞑り、来たるべき時に耐えるだけだった。

そして――。

高速で飛来する物体が硬《かた》い物に衝突《しょうとつ》したかのような、耳障《みみざわ》りな音が聞こえてくる。

「……間一髪《かんいっぱつ》っていうところね」

自身の身に何も起こっていないことを知ったリィドが目を開けると、そこには、見知った女性が立っていた。

「クロエ……!?」

リィドと同じ四天王。【赫《あか》き刃《やいば》】の異名を持つ彼女が立ち、リィドを庇《かば》いながら自身の目の前に真紅《しんく》の外壁《がいへき》を造り上げていた。それにより、レナの魔術の侵攻《しんこう》を凌いでいる。

「反魔王組織の情報を探《さぐ》りに遠出していて、帰ってきたらこの状態なんだから。びっくりしたわよ！　何がどうなってるの!?」

「……魔王の宝具を使って暴れ回る奴を止めようとして、レナが暴走したんだ」

「はあ⁉　ああ、もう、厄介な……！」

話している間にもクロエは外套《がいとう》を払って次々に瓶《びん》を取り出すと、壁に血を注いでいく。

「リィド！　体に鞭《むち》打ってでもいいから、早く逃げなさい！　手持ち全部の血液瓶を使って強度を増しても、もって一分か二分よ！」

「お前は、どうする……？」

「こんな時に他人の心配しているつもり⁉　なんとでもなるわよ！　それよりあなたの方があたしは……ああ、もう！　とにかく！　いいから逃げて！　あなたが遠くまで行ったらあたしも避難するから！」

顔を赤らめながら叫ぶクロエに、離《はな》れた場所に居るレナも頷いた。

「そうです、リィくん。逃げて下さい！　わたしのことは構いません。このままだと、リィくんが死んでしまいます……！」

尚も輝き続ける魔力の奔流《ほんりゅう》を抱き込んで、レナが痛切に訴《うった》えかけてくる。

「ほら、あの子も言っているでしょう。だから！」

クロエもまた畳《たた》みかけるように言ってくるのに、リィドは手を握りしめた。

（そりゃ……そうだ。誰《だれ》だってそう言うし、誰だってそうする）

こんな場面、逃げる以外の手はないだろう。自らの命を惜しんで二人に背を向けたところで、責める者は誰もいまい。

ならお前なら逃げないのかと問われれば、頷ける者は存在しないからだ。

魔王直属の四天王としての矜持《きょうじ》や、築き上げた実績への自負。

そんなものをかなぐり捨ててでも、生き延びる方を優先する。

それこそが正しい。それだけが、正しい。

――だが。

(それで、本当に……いいのか、お前は)

リィドは自分に尋ねた。

(正解とか不正解はどうでもいい。お前はそれでいいと思っているのか)

ここで全てを放《ほう》り投《な》げて、自分だけ安全地帯に逃げることを。

クロエを、レナを見捨ててしまうことを。

(それでいいと判断するのか……リィド＝エスタースッ⁉)

返すべき、答えは。

(……そんなもの)

初めから――決まっていた。

「くっ……きゃあっ！」

クロエの魔術が遂《つい》にレナのそれに耐えきれず、砕け散り、彼女の体が反動で宙を踊《おど》る。

だが、落下したクロエが地面に背を打ち付けることはなかった。

「……守ってくれてありがとう、クロエ」

リィドが無理矢理《むりやり》に立ち上がり、彼女の体を受け止めたからだ。

「リ、リィド⁉　どうして逃げなかったの⁉」

信じられない、という顔をするクロエにリィドは笑《え》みを浮かべた。怪我《けが》をしているせいで引きつった、不格好なものではあったが。

「人生には、逃げるべき時と、そうじゃない時がある。今は後者だ」

「な、なにを言ってるのよ⁉　死ぬかもしれないのよ⁉」

「死ぬのが恐《こわ》いのは失うものがあるからだ。だが……今のオレには、生き延びる方が大事なものを失ってしまう」

クロエを下ろすと、リィドは痛む体を強引《ごういん》に無視して、レナと向き合った。

「リィくん、なにを……？」

「決まってる。——ドレインだ」

リィドが手を翳すと魔術が発動。一匹《いっぴき》の狼が現れた。

それが口を開くと、瞬く間にレナの魔力が吸い取られ、リィドの体内にある二つ目の【器】に溜まっていく。

「でも、直接吸収には限界があるって、前に……」

「ああ。今回の場合は前よりもっと放出されている魔力量が多い。早々にそこに行き着くだろうな」

「だったら、どうして⁉」

「──限界なんて、知ったことか」

堂々と、リィドは言い放った。唖然《あぜん》とするレナを、前にして。

「自分の身を顧《かえり》みて窮地《きゅうち》にある誰かを救おうなんて、そんな都合の良い話があるか。やってやるよ。オレの体がどうなろうと、ドレインを続けてやる」

「ダメです、そんなの……！　逃げて下さい！」

「悪いがレナ、お前の言うことは聞かない。いや──今のオレは誰の言うことも聞かない」

全て自分勝手な振《ふ》る舞いでやっていることだ。誰が文句を吐《は》いたところで、大人しく聞くつもりはない。

やがて、リィドは直接吸収による限界を迎《むか》えたことを悟った。急激に、体の各所が悲鳴を上げ始めたからだ。

「ぐっ……」

肉がよじれ、骨が軋《きし》む。血液が沸騰《ふっとう》したかのように全身が熱くなり、頭に正気を逸《いっ》しそうな痛みが生じた。

全身が、警告を発している。今すぐにやめろ。何があっても知りはしないぞ、と。

「が……ああ……ああああああ……！」

まるで、体の内部から無数の刃で刺《さ》し貫かれているかのようだ。一瞬《いっしゅん》でも気を抜けば意識が喪失《そうしつ》してしまいそうになる。

脳が更《さら》に強烈な力で締め付けられ、臓器がぐちゃぐちゃにかき混ぜられるかの如き感覚。

絶望的な激痛が、幾度も幾度も繰《く》り返し、何度も何度もリィドを苛《さいな》み続ける。

「ぐ……ああ……ああああああああああああああああああああああああ！　嗚呼あああっ!!」

喉《のど》が潰れるかと思うほどの絶叫《ぜっきょう》を上げた。確実に己の終わりが近付いてきているのを肌《はだ》で感じる。

「リィくん！　やめてください！」

「リィド！　無理しないで！　このままじゃ！」

レナとクロエが交互《こうご》に言ってくる。だがそれすらも掠れてまともに聞こえなかった。

いいからよせ。いい加減にしろ。お前には無理だ。

そう、体の全てが訴えかけて来るのだけが、己の内に響く。

「うる……せえ……！」

だが唯一《ゆいいつ》。リィドだけが、リィドの想《おも》いだけに支配できるものが、それを撥《は》ね除《の》けた。

魂《たましい》が。

己というものの深奥《しんおう》が封じ込められたそれが、力の限りに叫ぶ。

静かにしろ。主人がやると決めたのだ。頭を垂れてついてこい。

歴代の魔王を打ち破り続けるだけでなく、愛する幼馴染が抱いた夢すら奪《うば》い去った、憎《にく》むべき勇者の――神の力を。

今、自分は、己の支配下に置こうとしているのだ。

(だから……四の五の言うな……)

いいから、黙《だま》って――。

「黙って従えと、そう言っている――ッ!!」

歯を食《く》い縛《しば》り、両の拳《こぶし》を固く握《にぎ》りしめ。

「――ッ！」

リイドは、天に向かって猛《たけ》く吼《ほ》え上げた。

「……。リィ……くん……」

その時。レナが、微《かす》かに呟《つぶや》いた。

リイドを見つめ、目元から一筋の涙《なみだ》を流し、強く唇を噛み締めながら。

それでも尚、堪《こら》え切れない感情が漏《も》れ出してしまったかのように。

彼女《かのじょ》は――消え入るような声で、切に訴えかけてきた。

「……助けて……」

か弱い力で伸《の》ばされた手は、掴《つか》むものなどないように虚空を掻《か》いた。

まるでレナ自身の定めを表しているかのようなその仕草に。

リイドは、激しい怒《いか》りを覚える。

「当たり、前だ……！」

辛苦《しんく》を強引にねじ伏《ふ》せて、一歩踏《ふ》み出す。

「オレは……オレだけは……！」

一歩、また一歩と、じれったくなるほどに遅《おそ》く、だが確実に。

リイドはレナへと近付いて――。

「……レナ、お前を……！」

彼女の手を、しっかりと握り締めた。

「お前を、絶対に、守る……ッ！」

そのまま強く、強く、何よりも、誰よりも強く。

レナを――抱き締める。

あらゆる全てに、絶対に放すものかと、渾身《こんしん》の想いで主張する為《ため》に。

――そうして――。

そうして、リィドは、ついに。

「……あ……」

レナが気の抜《ぬ》けた声を上げた。

「……魔力が、消えた？」

レナは驚《おどろ》いたように、自身の体を見下ろす。

そう。彼女の周りを取り巻いていた光は、全てが消失していた。

「嘘でしょ……本気で全部ドレインしたの？」

クロエが慄然《りつぜん》とするようにしてリィドを振り向く。

「……ああ……やってやった」

根こそぎ纏めて、吸い取ってやった。ざまぁみろ。リィドはそう、悪態をついた。

「あなたって人は……大丈夫《だいじょうぶ》なの？」

「なんとか、な。無事ではないが」

体の内側が、今にも爆発しそうだ。大量の魔力を完全に処理し切れていない。

「あ……あれ？」

その時、レナの体から力が抜けた。リィドに重く、もたれかかってくる。

「おい……どうした⁉」

「は、はい。なんだか、力が入らなくて……段々と、眠《ねむ》く……」

恐らく、勇者の力を一気に使い過ぎた影響《えいきょう》だろう。完全覚醒する前の身で無理をした為、体が休息を求めているのだ。

「リィくん、あり、がとう、ございます……。でも……もう、あんな無茶《むちゃ》は……もし、リィくんに、なにか、あったら……」

朦朧とする中で、それでも自分を気遣《きづか》うレナに、リィドは胸を打たれる。

――あなたと彼女はあまりにも特殊《とくしゅ》な立場にいる。思い切ったことをしないと、いつ何があるか分からないわ。その時に後悔《こうかい》しても、取り返しがつかなくなるかもしれないのよ
以前のクロエの言葉が、脳裏《のうり》を過《よ》ぎった。

そう。彼女の言う通りだ。自分とレナは普通《ふつう》の関係ではない。

にもかかわらずそれを現実として捉《とら》えず、やらねばならぬことを躊躇《ちゅうちょ》している内に、危《あや》うく愛する人を失うところだった。

だからこそ、決死——いや、死なぬことを覚悟《かくご》でレナを救おうとしたのだ。

「……なにかなんて、あるわけがない」

まだ何も、成《な》し遂《と》げられていないのだから。

リィドは懐《ふところ》へと手を伸ばし。そこにあった硬い感触《かんしょく》を確かめて、引き出す。

小さな箱の蓋《ふた》を、片手で開けて。レナの体を自分からわずかに放すと、内部にあった指輪を、彼女に見せた。

「やっと……やっと、ずっと好きだったお前と、結婚《けっこん》出来たんだ……！」

我知らずして、その言葉は、口から紡《つむ》がれる。

「オレもお前も、これからだろう！　こんなところで——こんなところで、死んでたまるかッ!!」

「……綺麗《きれい》……です……」

レナはわずかに目を見開き、指輪を見つめた。しかし、

やがては穏《おだ》やかに、優《やさ》しそうに、微笑んで。

そのまま、気を失うようにして眠った。

「……リィド、あなた……」

背後からのクロエに声に、リィドが答えようとした瞬間《しゅんかん》。

何か、重い物が落下するような音が聞こえて来た。

「クロエ。レナを頼《たの》む」

そう告げると、リィドは立ちあがって、【それ】を見る。

視線の向こう。悠然《ゆうぜん》と佇《たたず》んでいたのは――ドイルだった。

「勇者ヲ……」

彼は未《いま》だに剣を手放さず。

傷ついた獣のように獰猛《どうもう》な顔で、尖った犬歯を剥《む》き出しにする。

「勇者ヲ滅ボセエエエエエエエエエエ――ッ！」

「ああ。そうだ。お前とまだ決着がついていなかったな」

ふらついた足取りで、それでもリィドは歩き出し。

得物を構えたドイルに対して、挑発的《ちょうはつてき》に口端《こうたん》を上げた。

「かかってこい。――今度こそ終わらせてやる」

「ああああああああああああああああああっ！」

地を蹴り怒涛《どとう》の如く迫るドイルが、刃を振り下ろす。

生じた疾風の群れが、地を走る不可視の波涛《はとう》が、圧倒的《あっとうてき》なまでの、超常《ちょうじょう》的なまでの、殲滅《せんめつ》的なまでの、勢いで。

リィド目掛《めが》けて、襲い掛かってくる。

「丁度いい。有り余る魔力を発散させたいところだったんだ」

しかしリィドは一向に臆《おく》することなく、腕《うで》を突《つ》き出して——。

軽い音で、指を鳴らした。

「出番だ、【劫火《ごうか》を制せし黒牙《こくが》】」

影《かげ》が。——足元の影が、途方もなく、広がる。

まるで全てを食い尽《つ》くしてしまうかのように、広場全体を瞬く間に覆《おお》った。

ごぼり、と濁った音と共に影の表面が泡立《あわだ》ち、泥《どろ》のようになって山を築き上げる。

どこまでも膨《ふく》れ上がり、街をその身で覆い隠《かく》すほど、果てしなく大きく。

まるで天に座する神にすら届かんばかりのそれは、やがて溶《と》けるように各所が剥《は》がれていき、ある物を生み出した。

狼《おおかみ》だ。だが、ただの獣ではない。

三つの頭蓋《ずがい》を持ち、それぞれが長剣《ちょうけん》の如き牙を剥き出しにしている。

まさしく幻想《げんそう》の中にしか存在しない、三つ首の化け物であった。

異形の狼が、その前脚《まえあし》を上げる。

そうしてすぐに、あまりも無造作に振り下ろした。

大陸一つを丸ごと揺《ゆ》るがすかのような激しい震動《しんどう》が起こる。

同時に――押し寄せる衝撃波《しょうげきは》の大群は、瞬く間に消え去った。

「……ッ⁉」

正気を逸したドイルですら事態の異様さを理解したのか、動揺《どうよう》したかのように身じろぎする。だが間もなく、立て続けに新たな魔術を放ってきた。

さりとてそれも意味はなさない。

巨狼が頭をもたげ、咆哮した。全身を痺《しび》れさせ、辺りの瓦礫《がれき》を吹《ふ》き飛ばすかのようなそれが放たれた直後、全ての魔術は消え失《う》せる。

散った魔力は残らず狼の口へと消えた。

リィドの放った眷属《けんぞく》は、魔術が内包する魔力すら吸い取れるようになっているのだ。

「以前から魔術の構築だけは出来ていた。だがあまりに膨大《ぼうだい》な量の魔力を必要とするんでな。とても実行できなかったんだよ」

リィドは静かに腕を上げ、ドイルを指差す。

「それこそ——魔王様を超《こ》えるほどの魔力がなければ、出来ない芸当だった」

狼が疾走《しっそう》を開始した。軌跡《きせき》の一つ一つが石畳を砕《くだ》き割り、深く陥没《かんぼつ》させていく。

「があああああああああああああああああああああああ！」

ドイルもまた地を蹴った。真っ向勝負で退けようという腹なのか、その剣身《けんしん》に大量の風を纏《まと》わせている。

「おおおおおおおおおおおおおおおおおおおおおおおっ！」

彼《かれ》は地を勢いよく蹴ると、三つ首の狼に向けて渾身の力で大剣を振り下ろした。

「無駄だ。今のオレには、勇者すら勝てない」

絶対の自信をもって、リィドは断言した。

その言葉の通り、巨狼が三つ首の一つを使い、ドイルの刃《やいば》に歯を立てた、その瞬間。

いとも容易く、彼の大剣は音を立てて砕け散った。

「がっ——」

次いでリィドの魔術によって生まれた狼は、再び吼える。

ただそれだけで十分だった。

無防備になったドイルは後方へと吹き飛び——。

そして、石畳を大量に削《けず》りながら、そのまま沈《しず》んだ。

「……。終わったか」

リィドが手を振ると巨狼は消え去った。せっかく手に入れたレナの魔力《まりょく》だが、器の中に溜めていた分は今の攻撃で綺麗さっぱりなくなっている。

作戦上は不味《まず》いのかもしれないが、あくまでも魔力の吸収は副次的な物だ。また一から集めればいい。

振り返るとクロエがレナを抱《だ》きかかえたままで、頷《うなず》いた。彼女は無事らしい。それを確かめられて、心底からほっとした。

「あの男についてはあたしに任せておいて。周りの連中も含め、責任もって魔王《まおう》様のもとまで送るわ」

「ああ。頼んだ。それにしても、随分《ずいぶん》と面倒《めんどう》なことになった。結果的に指輪を渡《わた》すことが出来たのは幸い……」

クロエに言いながら。

そこで。ようやく。リィドはある重要な事実を思い出した。

「指輪を……わたし……て……」

指輪は既にレナのところへ行ったこと。

その際に、彼女に対してとんでもないことを口走ったことを。

「あ……」

頭を抱《かか》え、嘆《なげ》きの叫びを上げる。

「しまった――ッ！」

最終章　誓いが永遠であると信じて

結婚式《けっこんしき》の当日と言えば、当事者たちは幸せの絶頂にあるものだ。

縁《えん》があって結ばれたものと晴れて夫婦《ふうふ》になるのだから、当然である。

だが、リィドは会場となる教会の待ち合わせ室で、ひたすらに落ち込《こ》んでいた。

（……取り返しのつかないことをしでかしてしまった……）

既に一週間も前のことだが、未だに引きずり続けている。

あろうことか勢いに任せて、レナに告白してしまったのだ。

（あいつはどう思ったんだ。一体、どう感じた……!?）

あれから一日経《た》つとレナはすっかり元の調子を取り戻《もど》していた。

しかしそれから、彼女はリィドに対して一度として、あの時のことを話して来ない。

話されたら話されたで死にそうになるが、話さないなら話さないで意図が分からず悶々《もんもん》として苦しくなる。そんなどっちつかずの状態が続き、今であった。

「もしかして結婚式の当日に、なんとも思っていないからそういう想いで一緒《いっしょ》に暮らすのはやめて欲《ほ》しいと、そう言うつもりか……？」

ありえない話ではない。晴れの舞台《ぶたい》で釘《くぎ》を刺す。調子に乗っている奴《やつ》を大人しくさせるには最適の機会である。

（今、レナは着替《きが》えをしている。つまりそれが終われば……）

全ての結果は出てしまうということだ。

「ああ。どうなる。一体どうなるんだ……！」

堪《たま》らなくなってリィドは叫んだが、

「……どうしたんですか？　リィくん」

レナの声が聞こえ、びくりと震《ふる》えて顔を上げる。

瞬間、固まった。

彼女は、結婚衣装に身を包んでいる。

純白の生地《きじ》にフリルをあしらい、胸元《むなもと》に薔薇《ばら》を模した花飾《はなかざ》りをつけていた。

その姿は、直視するにはあまりに眩《まばゆ》く、どうしようもなく美しい。

「どう、ですか？　こういうの着るの、あんまり慣れてなくて……」

「綺麗だ」

「え……っ？」

　そこまで直接的な言葉は予想していなかったのか、不意打ちを受けたようにレナの顔は赤くなる。そこでリィドははたと我に返った。あまりの衝撃《しょうげき》に我を忘れていたようだ。

「……いや、衣装が、な。よく出来ているなと思って」

「あ……そうですよね。確かにこの服、とっても綺麗です。リィくんの礼服も似合っていますよ」

「そうか。ありがとう」

「…………」

「…………」

　沈黙《ちんもく》が流れた。レナは、花嫁《はなよめ》衣装のスカート部分を指先で押さえながら、どこか気まずそうに目を逸《そ》らしている。

　だがやがて、彼女は思い切ったように言って来た。

「あ……あのですね、リィくん」

「な、なんだ？」

「リィくん、一週間前に街が襲《おそ》われた時、指輪をくれましたよね。その時のことについて、訊《き》きたいことがあるんですけど……」

　来た。ついに来た。

（……仕方ない。覚悟を決めろ。全てを受け入れるんだ）

リィドは埃《ほこり》を払《はら》いながら立ち上がり、襟《えり》を正した。

「ああ。なにを訊きたいんだ」

「その……ね。少し言いにくいんですけど……」

やはりだ。やはり振られてしまうのだ。大いに狼狽えてしまったらどうすればいいのだろう。リィドは今までの人生で抱いたことのない感情に対し、心中で大いに慌《あわ》てた。

「あの時、リィくん――」

深呼吸を一つ。レナは、思い切ったように言って来た。

「――リィくん、なんて言ったんですか？」

「…………。え？」

待ち構えていた返答とは全く見当違《けんとうちが》いのことを言われ、リィドは目を丸くする。

その反応を、怒《おこ》っていると勘違《かんちが》いしたのか、レナは頭を下げて来た。

「ごめんなさい。あの時、頭がもやもやしていて、よく聞こえなくて。リィくんが指輪をくれたことは覚えているんですけど」

「……聞いて、なかった……？」

「はい。リィくん、なんだか必死な顔をしていましたし、とっても大事なことを伝えられたと思うんですけど……本当にすみません」

もう一度、礼をしてから、顔色を窺《うかが》うように見上げてくるレナ。

しかしリィドにとってそれは、何よりの朗報だった。

（……助かった……ッ！）

何もかもが救われた。終わりではなかったのだ。それならばいい。現状維持《いじ》が出来るなら文句などあろうはずがない。万々歳《ばんばんざい》だった。

「いや、別に……大したことは言っていない。大丈夫か、痛くないか、そういうことだ。指輪は……渡す機会を失っていたやつが、たまたま懐から落ちただけで。それはすまない」

「え、そうなんですか？　では、なんでもなかったんですね」

「その通りだ。気にすることはない」

「ああ……ほっとしました。この一週間、確かめた方がいいかなって思っていたんですが、叱《しか》られてしまうかなと思って、中々言い出せなくて。でも、こんな調子で結婚式を挙げたくないと思ったから、思い切ったんです」

「そうか。なら、良かったな。……そろそろ会場に行こうか？」

リィドが手を差し出すと、レナは「あ……はい」と嬉《うれ》しそうに握り返してくる。やっと、この程度であれば自然にできるようになった。

リィドは先ほどまでの調子が嘘《うそ》であったように笑みを浮かべたままで、待合室を出た。

そのまま礼拝堂に向かうと、既《すで》に神父が待機している。

魔王の部下が宿敵たる勇者に力を与《あた》えた神の下で永遠を誓うというのも、いささかに引っかかるものは覚えたが、こういうことは慣習だ。疑問を抱くべきではない。

レナと共に創造主ルタディの前に立つと、リィドは振り向いた。

そこには祈《いの》りを捧《ささ》げる者達の為に用意された長椅子《ながいす》が、整然と並んでいる。

当然だが、レナもリィドも結婚式に誰も招待してはいなかった。

だからそこに座《すわ》る者もいないはずなのだが、一人、腰《こし》かけているものを発見する。

外套を羽織ったその人物は、目深に被っていたフードを指先で上げて、顔をさらした。

クロエだ。こっそり見に来てくれたのだろう。

同じ場所を見ていたレナも気付き、笑顔《えがお》で手を振った。

もう、他にはいないはずだ。リィドはそう思いながら、視線を移したが――もう一人の存在を認めた。クロエと同じく外套を被っているが、その体はまるで幼子のように小さい。

長椅子に深く座ると足が浮いてしまうほどだ。

（ん？　誰だ？）

怪訝《けげん》に思ってじっと見つめると、件の人物が外套のフードを押し上げた。

そこで明らかになったのは――。

（ア……アスティア様……!?）

度胆《どぎも》を抜かれたリィドは顔が引きつるのを感じた。

よりにもよって、まさか、こんなところに現れるとは。

「決まっておるぞ、リィド。幸せになるが良い」

声をかけて来たアスティアが、片目を瞑《つぶ》った。

「は……はい。ありがとうございます……」

呆気《あっけ》にとられながらも頭を下げたリィドの様子を見ていたレナが、何かを思い出すように眉《まゆ》を顰《ひそ》め、すぐに「ああ！」と声を上げた。

「どなたかと思ったら、魔王――」

「おい……！」

急ぎリィドは彼女の口を塞《ふさ》ぐ。

神父がきょとんとしていたが、愛想《あいそ》笑《わら》いで場を乗り切った。

「あ……そうですね。ごめんなさい」

ようやく自分の失態を悟《さと》ったレナに、リィドは苦笑《くしょう》して彼女と向き合った。

「……始めて宜《よろ》しいですか？」

神父の確認《かくにん》に二人揃《そろ》って頷くと、彼は咳払《せきばら》いをし、再び口を開く。

「本日ここで、創造主ルタディ様の見守られる中、新たな人生を歩む二人に対し結婚の意志を尋《たず》ねます。まずは指輪の交換《こうかん》を」

言われた通りにリィドは礼服のポケットから箱から取り出し、指輪を摘《つ》まみ上げた。

レナと互《たが》いに指へと嵌《は》め合う。

「それではお尋ねします。新婦レナ。あなたは富める時も貧しき時も、健《すこ》やかなる時も病《や》める時も、喜びの時も悲しみの時も、これを愛しこれを敬い、慰《なぐさ》め、助け合い、その命ある限り真心を尽くすことを誓いますか？」

「はい。……誓います」

「新郎《しんろう》リィド。あなたもまた、誓いますか？」

「ああ。誓う」

「承知しました。ここにルタディ様の名に於《お》いて、二人の結婚を認めます。では、誓いの口づけを」

「……なに？」

思わずリィドが声を上げると、神父は首を傾《かし》げた。

「どうしました？　口づけを」

しまった。レナへの告白のことで一杯《いっぱい》になっていて、完全に頭から抜け落ちていた。

結婚式では互いに口づけをして終わるのだ。

(どうする……!?)

リィドが内心で焦《あせ》っていると、

「失礼しますね、リィくん」

いきなり、レナが抱きしめて来た。

「……なんだ?」

動揺するリィドを見上げて、レナはいつものような笑顔を零《こぼ》す。

「偽装《ぎそう》だから、今はこれくらいにしておきましょう」

神父に聞こえないよう、彼女はそう囁《ささや》きかけてきた。

リィドのことを思いやっての行動だろう。

だが、そのいじらしい態度が、逆に心に火を点《つ》けた。

(レナに気を遣《つか》わせて……こんなことでは、いつまで経っても距離《きょり》は縮まらない)

そう。反魔王組織が壊滅《かいめつ》したわけではない以上、いつまた、以前のようなことが起こるやもしれない。

レナを守ることには努めるが、それでも、今までと同じようなやり方では万が一の際に後悔してしまうだろう。

二年。長い用で短い期間を、これまで以上の速度で進めていくべきだ。

（そうだ。レナの心へ一歩でも多く、踏み込む……！）

リィドは深呼吸し、やるべきことを、しっかりと定めた。

そうして、愛《いと》しい者の名を呼ぶ。

「レナ」

「はい、なんですか？　リィくん――っ⁉」

レナの表情が、花咲《はなさ》くような笑顔から、驚きへと変わった。

リィドが彼女の唇《くちびる》に、自分のそれをそっと重ねたからだ。

「……たとえ偽《いつわ》りだろうと夫婦として、やるべきことはやるべきだ。そうだろう？」

やがて口を放し、微笑《ほほえ》みを浮《う》かべたリィドに対し、レナは完全に固まっていた。

だが、間もなく――首筋から耳元まで赤く染め、俯《うつむ》いてしまう。

「嫌《いや》だったら、すまない」

謝《あやま》るリィドに対して、レナは、首を小さく横に振った。

「そんなこと……ありません。そうですよね。必要な、ことです」

レナは間もなく、小さな笑みを浮かべる。それが、彼女の言葉が嘘ではないということの証左である気がして、リィドは安堵《あんど》した。

自分の心臓はばくばくと脈打っていたが、それよりも達成感が心地《ここち》よい。

「ようやくそこまで進んだか。本当、戦い以外は野暮《やぼ》ったいんだから」

遠くの方からクロエの呆《あき》れたような声が聞こえて来たような気もしたが、流すことにした。

「よいでしょう。ではここに、リィドとレナの結婚が成されたことを認めます」

神父が、厳《おごそ》かに告げる。

(それにしても……『今はこれくらいに』か……)

ならば未来はそれ以上に進めたい、ということなのだろうか。相変わらず、彼女の真意は読めない。

(だがいつかはっきりとさせる。もっと努力し、レナとの距離を縮め、心を掴んでみせる)

そうして今度こそ堂々と胸を張り、自分の想いを告白しよう。

「二人の人生に――どうか、幸多からんことを」

神父の声を聞きながら。

輝《かがや》くような花嫁衣装を着て笑うレナを見て、リィドは、改めて決意するのだった。

(も、もう……不意打ち過ぎますよ、リィくん)

まだ口元に残る、リィドの唇の感触をそっと指で確かめながら、レナは思った。

自分と街に出かける時、あんなにぎこちない素振《そぶ》りを見せていた彼とはまるで違《ちが》う。

口づけの終わった後に見せてくれた笑《え》みが、誰《だれ》よりも魅力的《みりょくてき》で、直視することさえ出来なかった。

今でもそうだ。胸の高鳴りがまるで収まってくれない。

たとえ夫婦であることを周囲に証明する為、やったことだとしても。

まるで、リィド自身の気持ちが唇を通して入り込んだような――そんな感覚だった。

だからだろうか。不意に、レナは『あの時』のことを思い出す。

「リィくん……」

婚姻《こんいん》の儀《ぎ》式《しき》を終えた後、二人で寄り添《そ》いながら、教会を出る前。

思わず呟いた名に、リィドが「どうした？」と応えてくれる。だがレナはすぐに恥《は》ずかしくなって「なんでもありません」と顔を伏せた。

(……本当は……本当はね、リィくん)

誰にも聞こえないよう、心の中で告白する。

(本当は……あの時、少しだけ聞こえていたんですよ)

組織員との戦いで魔力を大量に消費し、意識が落ちそうになっていた場面で。

『お前と結婚出来たんだ……これからだろう……！』

その言葉だけが、闇《やみ》に落ちていく自分の耳にずっと残っていたのだ。

前後が不明の為、彼が何を以《もっ》てそれを告げたのかは不明だ。

だが、指輪を渡しながら『これからだ』と言ってくれたリィドの顔は真剣《しんけん》で、何か大切なことを伝えようとしていることは理解できた。

彼もこの偽りの関係を通し、何かを成そうとしているのかもしれない。

ならば、自分も負けてはいられなかった。

（リィくんがわたしを好きかどうかまでは、まだ分かりません。でも、大切に思ってくれていることだけは確かだと、あの時、知りました）

命を賭《か》けてまで魔力を吸収し、自分を救ってくれた、あの時に。

（だから……そうです。これから、ですよね）

誰よりも愛しい幼馴染《おさななじみ》。

勇者の敵である魔王の配下、四天王の筆頭である彼。

世界の誰が反対しても、必ず、その心を射止めてみせる。

（……頑張《がんば》りますよ！）

レナは密《ひそ》やかに――そう、強く決意するのだった。

fin

あとがき

くそ、やきもきするぜ……！

と思いながら人の恋愛を見守るの、楽しくないですか？

ぼくは楽しいです。お久しぶりです、空埜一樹です。

本作「魔王軍最強のオレ、婚活して美少女勇者を嫁に貰う　可愛い妻と一緒なら世界を手にするのも余裕です」はお楽しみ頂けましたでしょうか？

タイトルが長いとあとがきの文字数が稼げるので良いですね。まさか作家になって一番困ることが「あとがきに書くことがねえ」だったとは思いませんでした。

そんな世知辛い話は置いておいて、今回は端的に言うと「とっとと告白して付き合えよお前ら」と両想い一歩手前のカップルのやりとりを眺めるお話です。

傍から見ていると完全に恋人同士なのに、本人たち同士はどうしても互いの気持ちを確かめ合うことが出来ない。そういうシチュエーションが好きなので書きました。

ＲＰＧでラスボスを倒すと終わりなのに、ゲームがエンディングを迎えるのがなんだか寂しくて、延々とその手前でレベルアップをしてしまう。そんな感覚に似てますね。

すみません全然似てませんでした。恐いくらい似てない。どうした。

ともあれじれったい二人のやりとりを生暖かい目で見守って頂けると幸いです。

さて今回はあとがきが短いので（やったぞ、とは思ってません）謝辞に移ります。

編集S様。今回は色々と大変なスケジュールの中、ご苦労かけまして申し訳ありません。ありがとうございます。

イラスト担当の伊吹のつ様。美麗なイラストの数々、誠にありがとうございます。他のキャラもそうなのですが、メインヒロインのレナがもう、可愛い可愛い。ずっと見ていたくなるほどです。いや見ています。ずっと。

最後に全ての読者様へ。最大限の、感謝を。

それではまた、お会いしましょう。

十月　空埜一樹

ツイッターアカウント：@sorano009

あ。同月発売の「魔王使いの最強支配　4」もよろしくお願いしますっ!!

HJ文庫 https://firecross.jp/
1054

魔王軍最強のオレ、婚活して美少女勇者を嫁に貰う 1
可愛い妻と一緒なら世界を手にするのも余裕です

2022年12月1日 初版発行

著者——空埜一樹

発行者—松下大介
発行所—株式会社ホビージャパン
〒151-0053
東京都渋谷区代々木2-15-8
電話 03(5304)7604（編集）
03(5304)9112（営業）

印刷所——大日本印刷株式会社
装丁——木村デザイン・ラボ／株式会社エストール

Printed in Japan
ISBN978-4-7986-3011-3 C0193